富江騒動始末記

竹山和昭

郁朋社

富江騒動始末記／目次

第一章　富江騒動その一

第二章　富江騒動その二

装丁／宮田麻希

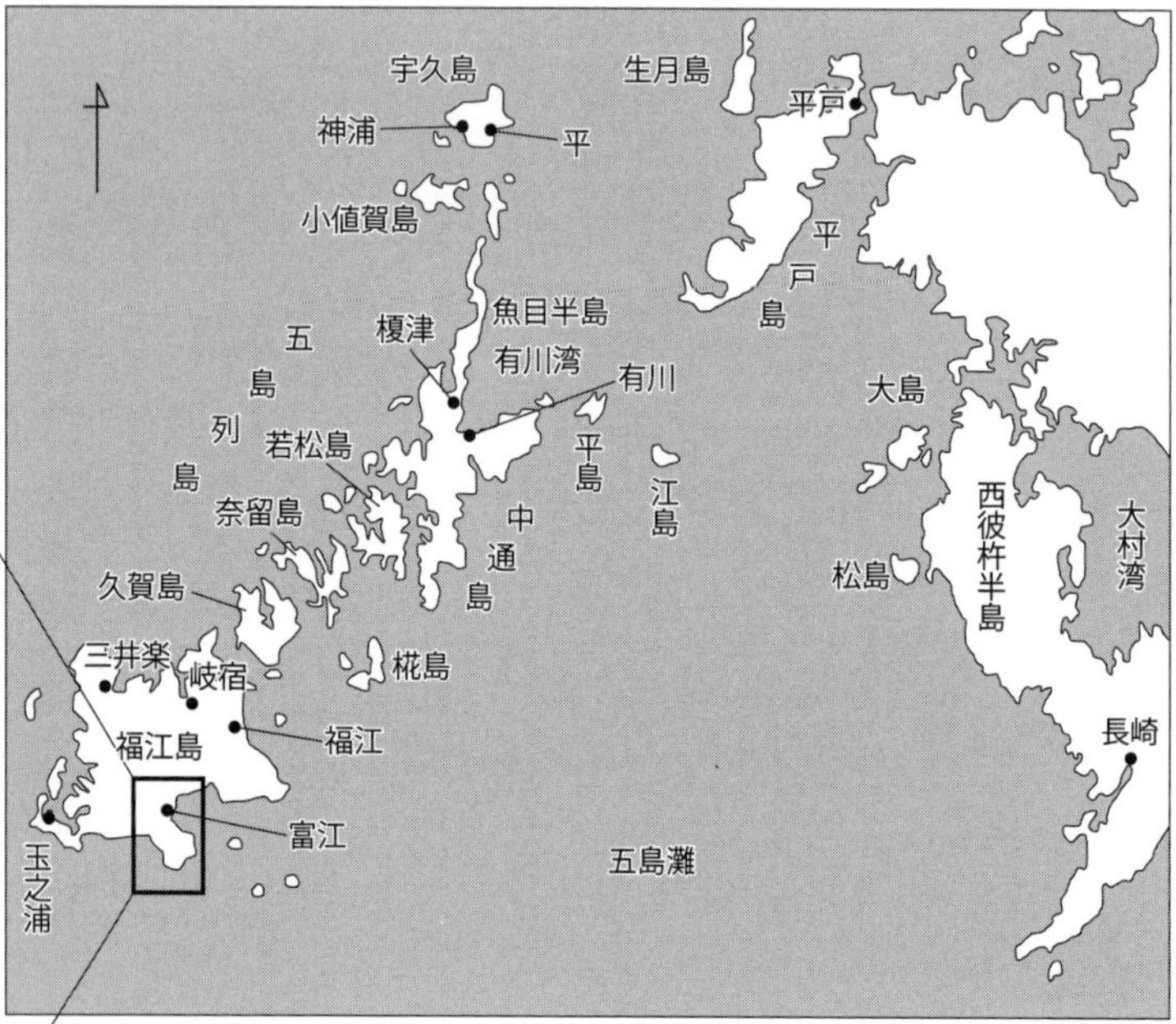
宇久島
生月島
平戸
神浦
平
小値賀島
平
戸
島
魚目半島
榎津
五
島
列
島
有川湾
有川
大島
若松島
平
島
江
島
奈留島
中
通
島
西彼杵半島
大
村
湾
松島
久賀島
三井楽
岐宿
椛島
福江島
福江
長崎
富江
玉
之
浦
五島灘

五島・平戸・長崎

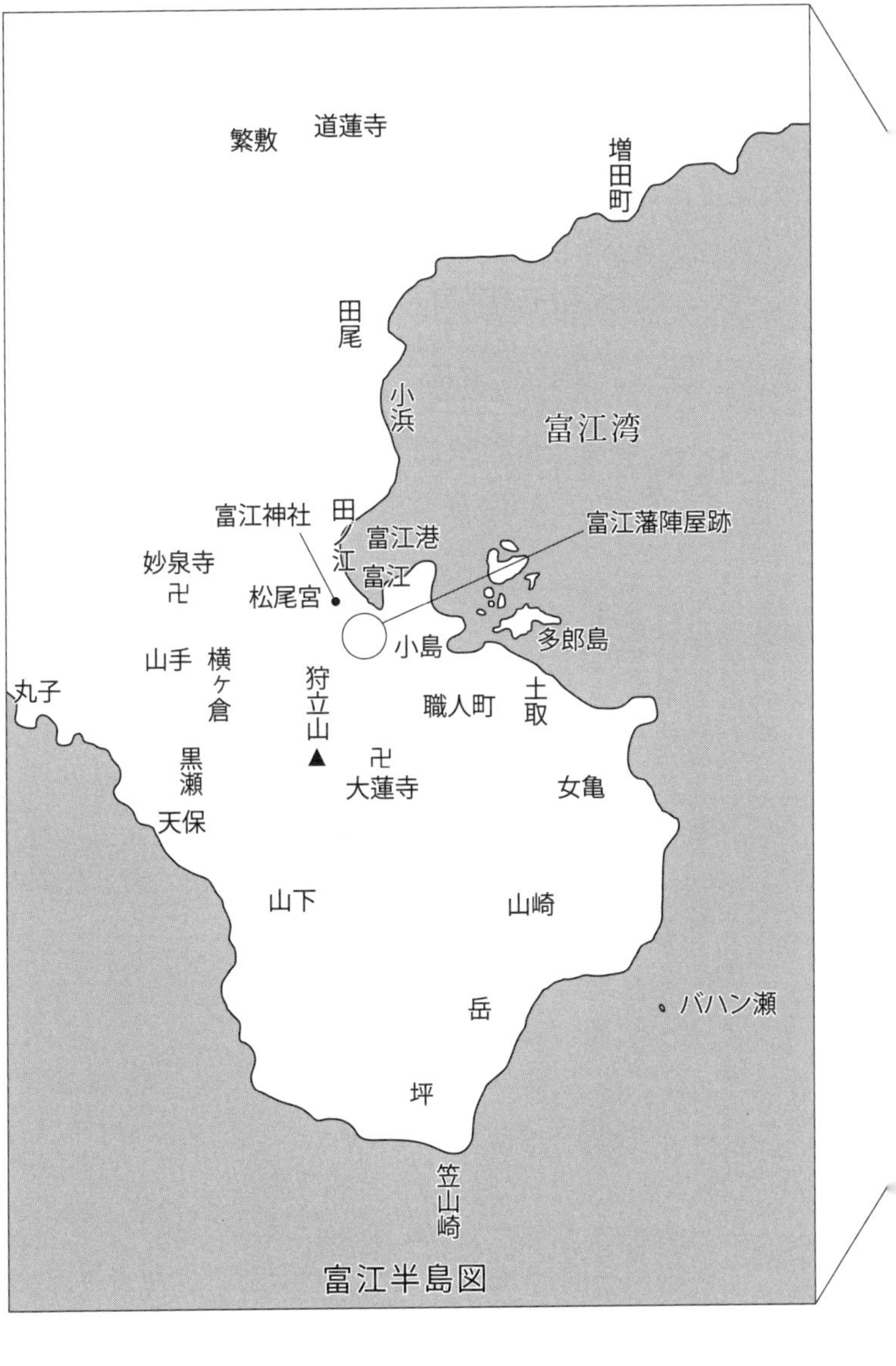

道蓮寺
繁敷
増田町
田尾
小浜
富江湾
富江神社
田ノ江
富江港
富江藩陣屋跡
妙泉寺
富江
松尾宮
小島
多郎島
山手
横ヶ倉
狩立山
丸子
職人町
土取
黒瀬
大蓮寺
女亀
天保
山下
山崎
岳
バハン瀬
坪
笠山崎

富江半島図

幕末・維新時の富江藩士居宅図

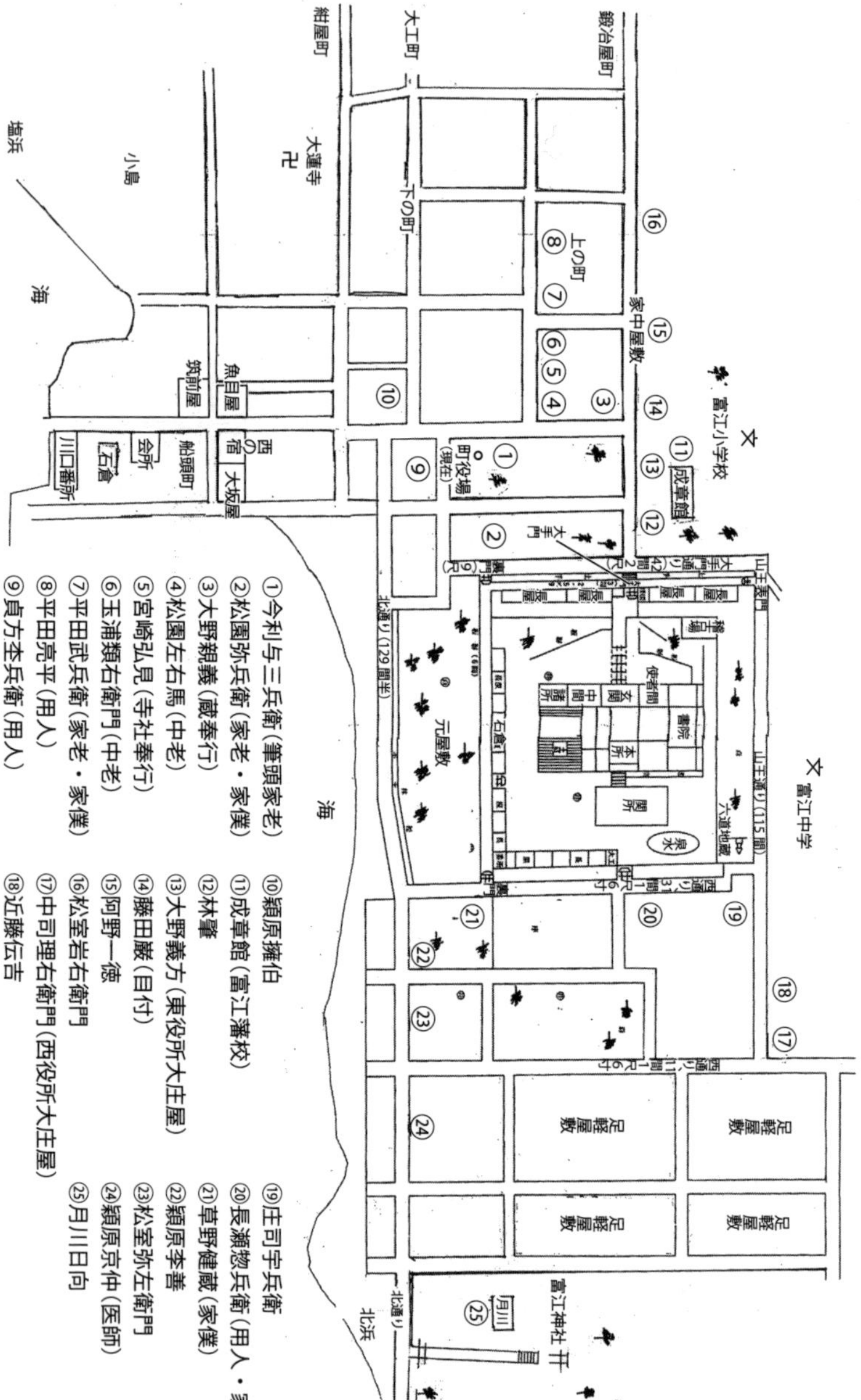

富江藩江戸上屋敷配置図（土地総面積　4,551坪5分9厘）

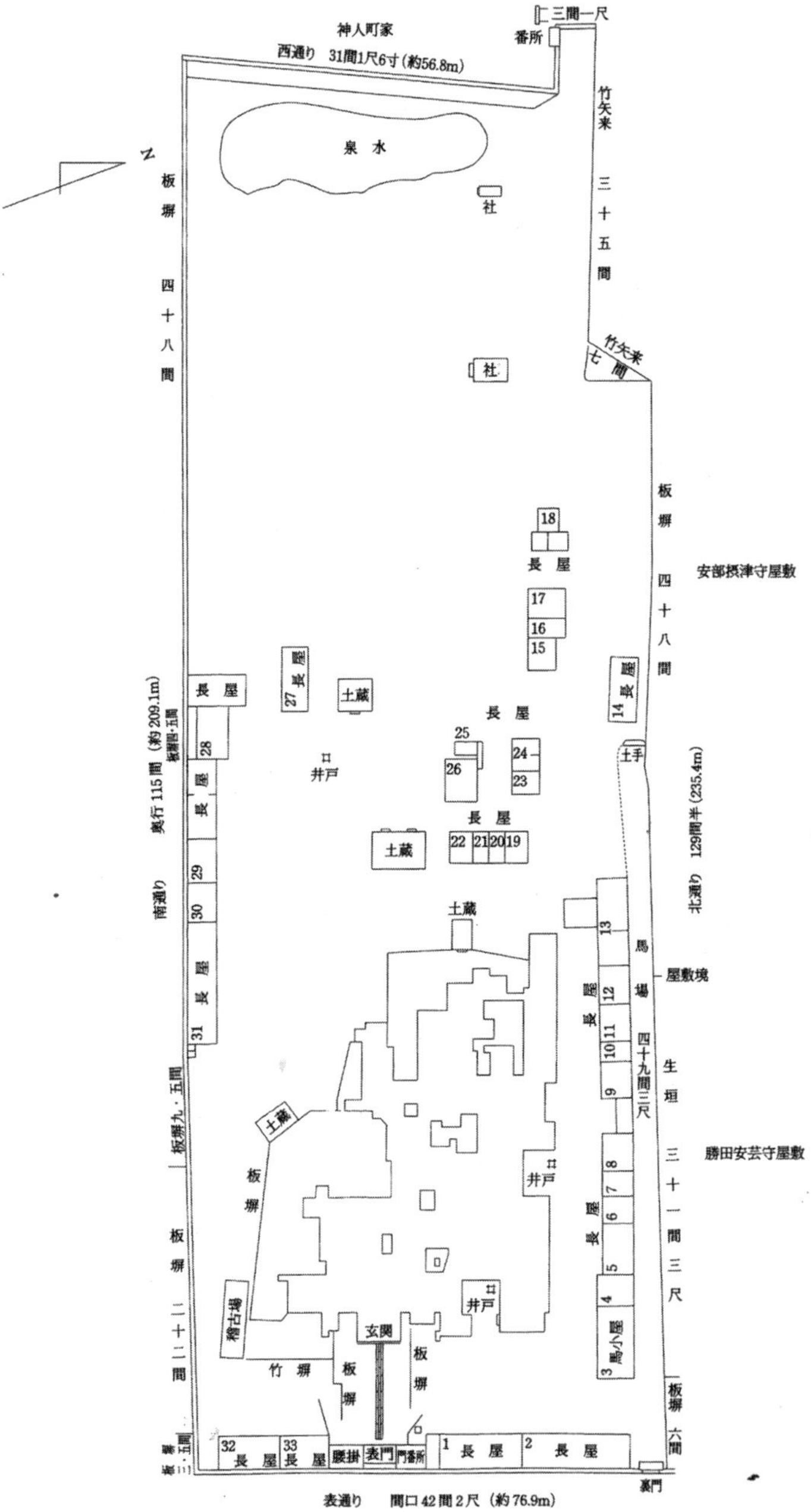

1073～1074

富江藩江戸上屋敷間取図

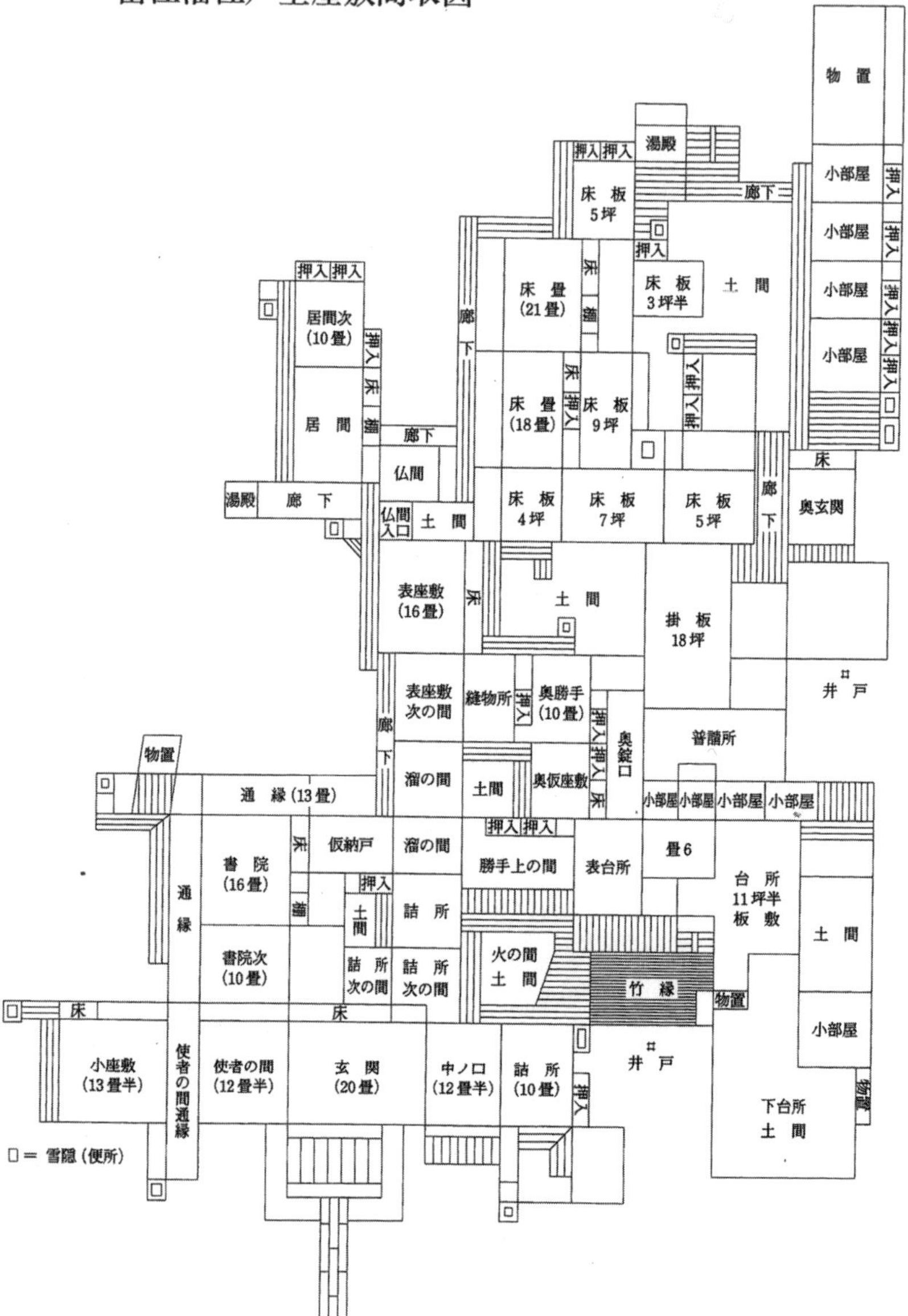

附記：この図は富江五嶋家文書の絵図面を、久米設計事務所の竹山弘人氏（幾久山出身）より縮図して戴いたものです

1075～1076

第一章　富江騒動その一

江戸脱出

　肥前五島の富江というところに、石高僅かに三千石というまことに小さな藩があった。恐らく、日本の三百諸藩の中で最も小さな藩であろう。

　慶応四年三月六日、その富江藩江戸永田馬場の上屋敷では、江戸家老平田武兵衛以下の江戸詰めの藩士全員が集まり、藩の進むべき方向を見定めるべく、連日のように重く沈んだ雰囲気の中で評議が行われていた。

　富江藩は、明暦元年（一六五五）に五島列島のほぼ全域を領分とした五島藩（分藩後は福江藩と称した）一万五千五百石から新たに三千石を以て分知され、現藩主五島盛明《もりあきら》（銑《せん》之丞《のじょう》）で第八代を数えていた。石高三千石ながら、幕府から高家旗本に任じられ、代々五位の中小大名が列する柳の間詰めで交代寄合席に任じられてきたため、対外的には一つの藩として扱われてきた。

　石高の割には、江戸中期以降はその地の利を活かした浦々からの運上金などが藩財政を潤し、比較的豊かな藩政が敷かれていた。特に、六代運龍《ゆきたつ》、七代盛貫《もりつら》の時は二代にわたって将軍家側衆を務めるなど幕府の要職を歴任したため、幕閣での扱いは中堅大名に準じた処遇を受けていた。

現藩主五島盛明（銑之丞）は、慶応元年七月に奥羽列藩同盟に加担した陸奥国岩瀬郡横田（福島県須賀川市横田）の領主溝口直影（交代寄合の旗本・石高五千石）の弟で、第七代五島盛貫の養子として富江藩に迎えられ、慶応二年十二月にやっと第八代藩主を踏襲したばかりだった。

こうした藩内の事情が今日に至るまで藩の旗幟を打ち出せない原因でもあった。

三月とはいえ、ここしばらく続く氷雨模様の天候のため、上屋敷の大広間は底冷えが厳しく、朝方になると庭の泉水が凍り付くような寒さが続いていた。

大名屋敷が連なる永田馬場の周囲を見渡しても、すでに多くの大名は国許に帰り広大な大名屋敷はどこも空き家同然で人影すら見えなかった。

「すでに幕府は瓦解し、今や京の朝廷を中心とした新しい時代になった。天下の情勢は、幕府が大政奉還をしたにも関わらず、あくまでこれまでの御公儀の恩に報いるべきと幕府に忠誠を誓う藩と京都の朝廷を中心とした新政府派とに二分されている。我が藩としては、御公儀に対して誠に畏れ多いことながらも、もはや時代の趨勢は決している」

家臣たちは平田家老から何度となく幕府の行く末について聞かされてはいたが、高家旗本としての二百年余の幕府に対する忠義から、ことここに至るまで一藩の旗幟を決せられないでいた。

大広間での重苦しい評定が連日続いていたが、時勢は切羽詰まっていた。

家老の平田は、堂々巡りの藩論に終止符を打つべく、自らの方針を示した。

「時勢はもはや一刻の猶予もなく、進退を躊躇している時ではない。わが藩は一日も早く勤王の赤心を明らかにして、速やかに江戸を立ち退くべきである」

「ご家老の申す通りで、ここは官軍が江戸城に入場する前に、速やかに京に上り、勤王の大義を報じることが何より肝要なことと存じる」

富江藩江戸家老平田武兵衛の肖像画
（大蓮寺所蔵）

と用人平田亮平が述べると、中老の玉浦類右衛門初めとする参席者一同が同意し、藩論の一致を見たのは七日の夜も明けようとする未明のことだった。

「早速、本日の評議の結果を殿様にも上奏し、速やかに裁許を得ることにする。ついては、配下の者共並びに足軽仲間に至るまでその旨よく伝えておくようにせよ。重ねて言うが、溝口家を頼ることは殿の御ためにならないので、よく肝に銘じるようにせよ」と平田家老から申し渡され、国許にも早飛脚が飛んだ。

長かった佐幕派富江藩としての立場はここに至って一変したのである。

当時の江戸の状況は、すでに官軍の先鋒隊が箱根の山まで迫ってきており、明日は大戦《おおいくさ》が起きるとの噂から、家財道具を大八車に山積みした江戸市民が行きかい混乱の極みに達していた。また、大店がいくつも連なる日本橋などの繁華な場所も暖簾を下げた店はなく、固く雨戸を閉じていた。

多くの大名屋敷の門構えが連なった大手町・日比谷・山の手界隈には人影すらなく、空き家同然となっていた。

江戸の治安を守るべき将軍徳川慶喜は、鳥羽伏見の戦いに敗れ、さらに朝敵の汚名を着せられたため密かに軍艦開陽丸で大坂城から脱出し、二月十二日には上野寛永寺に引きこもり、ひたすら恭順の態度を表し謹慎していた。

江戸の治安維持機能は完全に崩壊し、無政府状態に陥っていた。

三月五日には官軍大総督有栖川宮織仁《たるひと》が駿府城に入り、城内の大総督府で軍議が開かれ、来る三月十五日をもって江戸城総攻撃の日とすることが決定された。

そうした緊迫した状態を打開すべく、幕臣勝海舟は密かに山岡鉄舟を官軍大参謀西郷隆盛のもとに送り、三月九日に駿府で西郷と山岡の大詰めの会談が行われた。その折、西郷から言い渡された幕府への要求は次の五つの条件だった。

一　江戸城を明け渡すこと。
二　江戸城内の幕府兵を向島に移すこと。
三　武器をすべて差し出すこと。
四　幕府軍艦を引き渡すこと。
五　徳川慶喜を備前藩に預けること。

これに対して山岡の反論は、江戸総攻撃は理において許されないこと、また、慶喜の備前藩への預け入れも認められないと主張した。特に将軍慶喜の他藩への預け入れは、立場が逆であれば貴殿はどう思うかと説いたことから西郷の態度も和らぎ、三月十四日には三田薩摩屋敷において西郷と勝の会談が行われた。

ここでの会談の結果、明日三月十五日の江戸総攻撃は土壇場で回避されたのである。

そうした風雲急を告げる緊迫した状況の中で、まさに江戸総攻撃の日と予定された十五日の早朝に鉄之丞家族、江戸詰藩士その他足軽まで全員取るものもとらず四千五百坪にも及ぶ巨大な永田馬場の上屋敷（現在の衆議院第二議員会館の敷地一帯、東京都千代田区永田町二丁目一番地）を立ち退くことになった。

簡単な旅支度を終えた一行は、人通りの少ない山王神社の裏から赤坂の溜池を抜けて、急ぎ品川沖を目指して発足した。

藩主銑之丞といえども、目立つ籠に乗るわけにもいかず、持病の脚気《かっけ》を押して家臣に支えられながら徒歩で歩いた。

「皆の者、急げ」

一行は、武兵衛の野太い声を聴きながら、官軍の先鋒隊で溢れる品川の港を目指した。通りには避難する多くの人々で溢れかえっていた。やっとの思いで朝の六つ半（午前七時）には全員無事で品川の船着場に辿り着いた。

品川の船着場で改めて人数の点呼してみたところ、一人の郷足軽が所在不明で逃走したことが分かった。

脱藩したのは富江表の繁敷村の郷足軽で平田亮平の下僕乙次という若者であった。

たった一人の足軽の行方を躊躇している時間的余裕などなかった。

品川沖には密かに借り受けた芸州大崎の一般商船一艘と防州船一艘の都合二隻の和船を待たせていた。

阿鼻叫喚の江戸市中をうまく潜り抜け、運よく沖に待たせていた二隻の和船に乗り込むことができた。

芸州船に殿様銑之丞とその家族が乗り組み、防州船には殿様の馬一頭と江戸詰め藩士一同が乗り組んだ。朝の五つ（八時）には品川沖を離れ、一路大坂の安治川口にある天保山を目指して船出した。江戸湾には、官軍の物資を積んだ多くの船や各藩の兵士が乗り組んだ軍船で溢れていた。雇った二隻の弁財船は混雑する江戸湾内をうまく切り抜け、波荒い遠州灘を超え、港みなとで風待ちを繰り返しながらやっとのことで大坂安治川口の天保山に辿り着いたのは四月十二日のことであった。

一行は、すぐに大坂阿波座にある藩の蔵屋敷に入り、長旅の疲れを癒したのである。

後日談ではあるが、江戸品川の港から姿をくらました郷足軽の乙次は、どのような縁か分らないが、その当時江戸湾に待機していた新政府の軍艦「朝陽」に乗り組み、艦長中牟田倉之助（佐賀藩士）の下で手旗信号手として勤めた。明治二年の五月十一日の箱館総攻撃のときに、乙次が乗り組んでいた朝陽は、旧幕府軍艦「幡龍丸」の砲撃を受けて沈没する。副館長以下八十人の戦死者を出したが、乙次は英国の軍艦に拾われ、無事に横浜に帰ってきた。この時の功により明治政府から賞典禄二十石を賜っている。

明治三年には故郷繁敷《しげじき》村に帰ってきて、余生を同村の百姓として終えたという。

本領安堵

江戸市中の大混乱の危機を脱し、やっとの思いで大坂に上陸し、藩の蔵屋敷に入ったものの、大坂の町は孝明天皇の行幸中でこれまた厳戒を極めていた。

町々には錦旗《きんき》を立てた薩長を始めとした官軍の兵士が、最新式の元込め銃を手に黒の筒袖にズボンのいでたちで厳重に警護していた。

「ご家老、帝が浪花に行幸中とはこれ幸いです。この機に乗じて天機を奉じては如何でしょうか」と平田亮平の提案がなされた。

西国九州の離島の小藩であった富江藩にあっては、蔵屋敷に出入りする何人かの大坂商人の知り合いはいても、誰一人として大坂で頼れる有力者はいなかった。むろん薩長を始めとした官軍部隊に誰一人として知り合いもなかった。

そこで思い切って公務方の野村平八を天皇の御座所であった大坂西本願寺に直接遣わし、天機奏上について伺いを行ったところ、四月十八日までに上京せよとの命が下ったのである。

ただ、上京の命を賜ったものの、これまた当時の富江藩主従は誰一人として京都の事情に明るい者がなく、一人の知音もない有様だった。五十人からの家臣の宿泊場所などの手配などをしていると約束の十八日はすぐに過ぎてしまった。

こうしたなか、遅ればせながら四月二十一日には藩主以下全員が上京を果たした。

京都五番町（現上京区五番町）にある浄土宗宝生山国生寺《こくしょうじ》を定宿に定めることができ、翌二十二日には、弁事役所に上京の届を提出した。

一方、本家である福江藩は、文久三年（一八六三）三月には、早くも朝廷に対し勤王の誓詞を提出し、さらには慶応二年（一八六六）には、筆頭家老の白浜久太夫を討幕の中心的存在である薩摩藩に派遣し、薩摩藩と福江藩の薩福同盟を結んでいる。福江藩の時局を見る素早い動きに比べると、同じ五島の島にありながらその政治的立場と時局認識には大きな差があった。

京都における富江藩は、これまでの幕府に対する礼式や儀礼と異なり、何から何まで全てが初めてのことばかりで、全くの「田舎人」そのものだった。

暗中模索の中、何としても新政府から本領安堵の朱印状を賜るよう各方面に周旋していたところ、この度、幕府高家旗本の内、速やかに朝廷に恭順した者は、これまでの「諸太夫《しょだいぶ》」に代わり「中太夫《ちゅうたいふ》」の身分になり、その知行所も従前のまま保証されることが決定されたことを聞き及んだ。

このことから、五月十五日には藩主銑之丞が急ぎ参朝したところ、左の本領安堵の朱印状と金杯を賜った。

高　三千石

前より徳川氏付属をもって領地せしむる処、その方儀慶喜《よしのぶ》反逆に従わず大義を存じ、速やかに上京志願の趣叡聞に達し神明の至り忠誠浅からず思食され、これによって、本領安堵これまでの通り仰せ付けられる。

今後分限相応王事に勤労致すべく、仰せ出され候事

慶応四年戊辰五月

御朱印

これまで通りに富江藩としての存続が認められたことで、早速六月八日には銑之丞が朝廷に参朝し誓詞を提出したのである。

本領安堵された喜びは大きく、平田家老は国生寺の本堂に家臣全員を集めて、江戸以来の辛苦に対して慰労を兼ねた大酒宴を行った。

六月二十七日には、官軍への赤心を示そうと平田武兵衛と玉浦類右衛門の両名で弁事役

所に出頭し、奥羽・越後口への出兵を願い出るが、在所取締不届きとの理由で出兵を免じられた。出兵の代わりに、軍費として高千石につき、金二百両の割りで都合六百両の軍資金の上納を命じられた。軍資金を収めたことで目出度く国許への帰参が許されたのである。

一方、国許の富江には早飛脚で六月十七日には三千石の本領が安堵されたとの吉報が届き、領内の士民上へ下への大騒ぎとなった。

本領安堵という最も緊急を要する情報が、いくら離島とはいえ伝達に一か月以上の期間を要している。

富江武社神社の神官月川日向を始めとした社人たちも、御屋形（当時は富江陣屋のことをそのように呼んでいた）に呼ばれ、寺社奉行川口三郎兵衛から、本領安堵の朱印が下されたことを聞かされた。早速、社人たちは一同うち揃い武社宮・盛清宮に集まり御礼祈願を執り行った。宝殿では太鼓を打ち鳴らし、賑々しく神楽が舞われた。各地の村々から老若男女の領民がこぞって参拝に訪れ、武社宮はかつてない群衆で溢れたのである。

領地没収

京都での当初の目的も果たし、七月三日には帰国の準備もすべて整い、いざ発駕《ほつが》しようと国生寺の前庭に全員が集合し、「いざ出発」と声を掛け合っていたところに、突然、弁事役所の非蔵人口から家来の呼び出しがあった。

何事かと公務方の野村平八を差し向けたところ、議定大原左馬頭（後の公爵大原重徳）から、今後は富江藩には蔵米を支給し、領地は五島飛騨守（盛徳）の支配とするという驚天動地の朝命が下った。

野村平八が持ち帰った通達文は次の通りであった。


その方の領分海岸の場所、異国船渡口の儀につき唐船、異国船方相務候よし。依っては、御維新に付き改めて従前の通り相務め候様願いの趣最もの儀に候。

然るところ、異国船取締等の儀、先年より万端長崎表にて取締、その他の儀は別して御手配り等も及ばざる事にこれあり候処、近年来追々外国船渡来については、改めて外国御交際相立、従って外国通船等も開港の場所のみにこれなく、海岸孤島の外等にては薪水食料等乞い出て候儀もこれあるべく、以前とは莫大な相違これある儀に付き、その方知行三千石高にて島中領地の取締、薪水食料の手当迄行届き候儀は相成がたく、旧来相務め候廉には有之候共、時勢の変革拠無き儀に付き願いの趣、唐船、異国船の儀は本家飛騨守へ仰せつけられ候。

右に付き、孤島領分本末相別れ手薄の儀これ有り候ては、自然御交際の廉も懸念これ有る儀に付き、その方の領分土地本家飛騨守支配仰せつけられ候。なお、右等仰せつけられ候については、不都合もこれ有るべくにつき、その辺飛騨守より厚く心付くべく間、本末一和心違いこれ無き様仰せつけられ候。


右のような朝命が何の前触れもなく不意に出されたため、在京の君臣一同驚愕し、その苦痛と驚きは言語に絶する事態に陥った。

「ご家老、これは福江方の御維新のどさくさに紛れての讒訴《ざんそ》によるもので、とうてい受け入れられるものではありません」

「分かっておる。福江方の思いのままにさせてなるものか。一同、今日から藩の存亡をかけた戦いが始まるぞ」

「おう、福江の思うままにさせてたまるか」

「こんな理不尽がまかり通ってなるものか」

本堂に集まった面々は、まなこは血走り切歯扼腕《せっしゃくわん》の有様で、余りの衝撃にその興奮を抑えられない状態に陥っていた。

家臣団の怒りは堪えきれずますます憤怒の色を濃くするが、君臣以下初めて京都に出てきた者ばかりで、如何ともしがたく雲霧の中をさまよい歩くような事態となった。
この時の在京家臣団は次の通りであった。

家老　平田武兵衛
中老　玉浦類右衛門
用人　平田亮平　西村壮四郎
公務方　野村平八
蔵奉行　大野時右衛門
目付　貞方半次郎
納戸方　阿野雲平　近藤儀兵衛　吉田昇兵衛
近習　平田鼎　平山門兵衛　桑原莞爾　楢林保蔵
近習同格　平田鉄之助　松園藤之助
医師　小野謙益
書役　林定　積山勇
手代　桑原久右衛門
馬回　北川助九郎

徒士　平山直次郎　梁瀬波江　松園官一郎　内野為蔵　松永弥三馬　山田栄吉
雇徒士　大山束　平田多七郎　森田昌平
足軽　隅田真助
小頭　埼丈助
枡取　近藤信平　庄司金兵衛　近藤重次　阿野吉之助　山中伊之助
　杉本虎右衛門　深松善兵衛　山中訊兵衛　山本丈吉　庄司友次
　大河内重太郎　大河内栄吉　埼弁次　中村卯之助　中村富助
郷足軽　伴次　只助（魚目）　駒蔵（宇久島）
都合、五十一人だった。

急遽、国許への帰国も取りやめとなり、宿舎の国生寺の本堂では、夜を徹しての大評議が行われた。並行して、家老の平田武兵衛と中老玉浦類右衛門を福江藩の本陣である智恵光院（上京区下立売・浄土宗）に差し向けた。生憎、筆頭家老の白浜久太夫は外出で不在だったので、同じく家老の藤原平馬に面会し、本日の朝廷からの通達について相談したいと申し入れを行った。

しかし、藤原からは「このことを妄りに談合すると、朝廷の命に背き、違勅に陥ることになる」と、取りつく島もなく言い渡されたため、平田・玉浦の両名は如何ともしがたく、速やかに席を立った。

富江方は二人の帰りを待ち、再び大評議を行った。

平田家老から福江方の此度の件についての反応についての説明が行われた。

「福江方はこのことを蒸し返すと朝命に反し違勅の咎を受けるので、話し合いはできないと強く拒否したので速やかに帰ってきた」と平田が福江方との話し合いが物別れに終わったとの経過を話すと、

「ご家老、これは福江方の奸計によるもので、明らかに我が藩を違勅に陥れんがための罠であることは明らかで断固とした処置を執るべきです」と亮平が意見具申すると、蔵奉行の大野時右衛門から「今回の本家のやり口は横領同然のやり方で、我慢できるものではない。我らは無実の咎《とが》で貶《おとし》められた」と本堂に響き渡る大きな声で訴えると、方々から「そうだ」「そうだ」との声が沸き上がった。

しかし、事は一藩の存亡にかかわる重大事であったが、軽々と動くと朝命に反することになり、その苦心は人後に絶するものがあった。

すでに、朝廷を中心とした新政府の時代となり、その勅命に対する意識は絶対的なものがあった。

亮平奔る

その当時、福江の藩主盛徳はまだ大坂に在していたが、その家臣の多くは京都にあって、在京の諸藩士と盛んに交わっており、富江藩の出遅れは明らかだった。

数か月前までは高家旗本として頑なな佐幕派と見做されていた富江藩主従は、討幕・尊皇攘夷派で溢れる京都には誰一人知音がいなかった。

その中で用人平田亮平が、若い頃学んだ儒学者池内大学を知っている程度だった。池内大学は文化十一年生まれの高名な儒学者で尊超入道《そんちようにゆうどう》親王や久邇宮《くにのみや》親王等の侍読を務めていたことから多くの公家の子弟の教育係を務めた。尊王攘夷派であったが、安政の大獄で幕府との関係を疑われ、土佐の岡田以蔵から文久三年に暗殺されていたので、その僅かばかりの人脈の糸も切れようとしていた。

そんな時、三条実美公の下女から大学は堂上を始めとした公家の門人が多いことを聞き及んだ。

たまたま、その下女の娘婿で大学の門人であった町医者の小林春斎に昔亮平が面談したことがあり、その線から要路に陳情することになった。

その日のうちに、亮平は四条烏丸の春斎宅を訪ねたが、生憎不在だったため、主家大事の置手紙をしたためて帰った。

平田家は代々儒者の家系で藩の中で重きをなしていた。亮平は天保四年（一八三三）生まれでこの時三十五歳の働き盛りであった。若くして藩校成章館の句読師に推挙され、中小姓高席となる。嘉永四年に江戸詰めとなり、幕府の需者河田迪斎に学び、その後は安井息軒に師事した。安政三年には目付役に就任し、海防のことでしばしば長崎に赴き、諸藩の士と交わった。この間、対馬藩の亀谷行蔵に学ぶとともに江戸の塩谷宕陰《しおのやとういん》に師事する。大坂では池内大学に学んだ。維新後は静かに逼塞し、自宅を麗沢《れいたく》舎と称して専ら子供たちの教育に当たった。明治二十五年六十歳で富江にて歿した。

亮平は、七月四日の夜明けとともに、再度四条烏丸の小林春斎宅を訪ねた。

「何事であるか」

と春斎が聞いてきたので、亮平は自己紹介もソコソコに一気に主家存亡の危機について申し立てた。

「この節の主家の大事と申すは、昨日かくの如き達しがあり、われ君命にて至るにあらず、君側にありて一日たりとも黙しがたし。これより要路の門に出て陳情せん。請う、その人を選び祖我意を告げよ。そもそも我が主家の先き福江から出ると言えども、公命を以て三千石の封を賜った。以来、少しも彼の扶助を受けず一藩の捌《さば》きを成し、八代二百余年不平を鳴らす者もなく、異国船方在役に至りては未だ一豪も国体を汚すことなく、王政復古を聞き江戸の危地を抜き、福江の主未だ上京無き数か月前に着京、かつ、五月十五日には本領安堵の御朱印を頂き、今かくの如し。臣下の情宣黙するに忍ばず、然れども主君においては、公然と訴願をなし、万一違勅の咎に触れん事を恐れて、苦心寝食を忘れている。我が藩三千石といえども、二百年来民政に尽くし土地は日に日に開け、人民繁殖し世臣既に二百余名、人口は二万に及ぶ。あるいは恐れる過激の輩が福江の陰謀を察し、暴挙あらんことを」

平田の鬼気迫る訴えを聞き、春斎は大いに驚いた。

「何ということだ。朝敵さえ赦される今のご時世、いわんや無実の人を陥れるとは。周旋についてはその当を得ている。心配することはありません」

と励まされるとともに、議定中御門大納言経之《つねゆき》卿（後の公爵）を紹介された。

早速、玉浦類右衛門と平田亮平の二人で紹介された中御門経之卿の屋敷を訪ねて、主家の窮状を訴え、その日のうちに平田武兵衛と亮平の二人は同じく新政府の議定岩倉具視、大原少将に同じ陳情を行うとともに、太政官の主だったメンバーに富江藩の立場を陳述したのである。

白浜久太夫の陰謀

一方の福江藩では、予てからの悲願が思わぬ吉報をもたらしたので、急ぎ藩主盛徳が大坂から上京し、宿舎の智恵光院（京都市上京区西院町）に入った。早速、白浜久太夫、藤原平馬、太田秋之助等の在京重臣が集まり、この度の首尾成就したことによる各方面への御礼方々について協議した。

筆頭家老の白浜から次の関係者の名前が挙げられた。

（公家）　岩倉具視・大原左馬頭
（薩摩藩）　家老島津主殿・同岩下佐治右衛門・同小松帯刀
　　　　　藩士本田杢兵衛
（高松藩）　家老生駒左京太夫
（鳥取藩）　藩士門脇小造

以上の八名の者に目録と進物を贈ることにした。

席上、白浜は「これは誰の力と言おうか。薩摩あればこそである」と何度も繰り返して言った。

「この度の志願成就の吉報は薩摩のご尽力あればこそであった。何よりも、薩摩に厚く報いるべきである」として、その筆頭の功労者に薩摩藩家老岩下佐治右衛門（方平、後の子爵）の名前を挙げた。

　七月七日に早速、薩摩藩の本田木兵衛が御志願成就のお祝に福江本陣を訪ねてきた。本田と白浜は、そこで各方面へのお礼の送り先の確認を行っている。岩倉、大原、岩下、門脇、生駒、島津主殿、本田の各氏でまとまったが、最大の貢献者である薩摩の岩下に対する謝礼金の額について、白浜が七百両贈る腹案を出したところ、本田からそのような大金は受け取らないであろうとのことから、三百両を贈ることでまとまった。

白浜久太夫の胸像
（五島歴史資料館蔵）

　七月九日には、白浜自ら御礼方々を兼ねて関係者宅を訪問し、それぞれに目録を進呈した。

　最初の訪問先である門脇五位小造の旅宿を訪問したところ、門脇は甚だ迷惑と持参した目録の受け取りを拒んだ。久太夫がこの件については、七月三日にすでに終わっていますと言うとこれをしぶしぶと受け取った。

次に大原左馬頭宅を訪問し、家人安藤斐男を通じて差し出すと、在職中に付、一切の御進物は受け取らないと返却されたのでいったん持ち帰った。その足で、岩倉具視宅を訪問するが、家人から大原同様に返却された。そこで白浜が直接岩倉に面談したところ、毎度の下され物いかにも気の毒であるので有難く頂戴すると受け取っている。

岩倉宅の次に生駒右京太夫宅を訪問したが、格別何を言うでもなく目録を受領した。

最後に薩摩屋敷の本田杢兵衛を訪ねて、目録を提供した各人の反応について説明したのである。

七月十日、すでに新政府の貢士《こうし》となっていた白浜久太夫が弁事役所に出仕する。そこで、改めて岩倉、大原、薩摩守（島津忠義）、島津主殿、岩下、門脇に御礼申し上げたのである。

七月十三日、門脇が先の進物の返却に福江本陣を訪ねてきた。「先の下され物を受領したことを甚だ反省している」との口上だった。

このように富江藩領地没収に伴う各方面への進物提供は、その立場と属人性により紆余曲折があったが、最後は白浜久太夫の熱心な説得により対象者全員が受け取っている。

藩の公式文書に記載された目録の提供者名と進物並びに金額は次の通りであった。

岩倉具視　　　　　　　鰹節百本　時期＝金百五十両
大原左馬頭　　　　　　鰹節三十本　時期＝金三千疋
岩下佐治右衛門　　　　鰹節百本　時期＝三百両　越後上布五反　家来衆五人に各二百疋
島津主殿　　　　　　　鰹節一箱　蘭鞍一式
本田杢兵衛　　　　　　永世高五十石　但し、百石につき金四十両の合力金を毎年支給。ま
　　　　　　　　　　た、藩主盛徳から御刀の白鞘一振とお礼金三千疋が贈られた。
　　　　　　　　　　ちなみに、本田は維新後ずっと福江に住み富江藩に対する睨みを効
　　　　　　　　　　かせ、薩摩には廃藩置県後に帰国している。
生駒左京太夫　　　　　鰹節五十本　時期＝百両
門脇小造　　　　　　　鰹節五十本　時期＝百両
　　　　　　　　　　　家来衆四人に各二百疋

これらの者のうち、岩倉・大原・門脇の三人は在役のためと称して如何なる進物を受け取る訳にはいかないと最初は固辞していたが、その後の白浜の熱心な説得により後には受け取っている。

このことからも分かるように富江藩は、福江方の徹底した根回しと贈賄工作によりいわ

ば乗っ取られたのである。
ちなみに、その時の目録進呈の口上書は次のようなものであった。

口上書

先般、末家一条御願い申し上げ候処、取り分け御取成しを以て、首尾よく、御沙汰蒙り有難き仕合せに存じ候。一昨日着京致し候に付き、不日参朝の砌罷り出て御挨拶申し上げるべき候へ共、取り合えず右御礼のため目録のとおり、使者を以てこれ進覧致し候

以上

この口上書を見ても分かる通り、福江藩は早くから藩を挙げて支藩富江藩の吸収を画策していたのである。
正確には、慶応四年四月二十四日に白浜久太夫、太田秋之助（定龍）の二人を薩摩に派遣し、富江藩の吸収と京都警護の藩士六十八人の輸送を行うための蒸気船の借用を願い出ている。この蒸気船借用により、福江藩は遅ればせながら戊辰戦争に参戦し、京都御所の警備にあたることができたのである。

幕末の天下騒乱の兆しをいち早く見通し、先代の盛成に薩摩藩との同盟を建議して、自らの主張を成就させたのは白浜個人の力に依るところが大きかった。

福江藩は、いち早く文久三年には八条前宰相を通じて朝廷に建白書を提出し、勤王の態度を表明している。白浜は一貫して藩の勤王派を代表しており、この朝廷に対する建白書の提出も慶応二年に薩摩を訪問しての勤王の表明にも深く関わっていた。

慶応四年四月には新政府の貢士となって太政官に出仕する身分になっていた。富江藩が本領安堵願の奏上を行った時点では、すでに白浜は太政官に高官として出仕していたのである。

貢士は、各藩の有能な藩士を選抜し、太政官の「下の議定所」に出仕させる制度で、所属する藩論を代表していた。大藩三名、中藩二人、小藩一人の定員で白浜は福江藩の代表として新政府に出仕する身分となっていた。

ちなみに白浜は、その後も新政府官僚として立身し、明治元年九月には徴士《ちょうし》、翌年には東京に出仕を命じられ少弁《こべん》、さらには正五位に任じられ、従五位下の藩主盛徳よりも位階が上回った。

薩摩の大久保利通や黒田清隆、佐賀藩の副島種臣など後の明治政府高官となる多くの人材との接点が出来たのはこの徴士に任官してからであった。大久保利通の日記を見ると白浜が休日の度に大久保邸に呼ばれ囲碁を打っている。維新の大立者になりつつあった大久保邸には後の明治政府の有力者が日参していた。白浜にとって、ここでの人脈作りは最大の財産になったのである。徴士となるとその身は朝臣となり、旧藩との関係を断ち切ることを求められた。

このことから、晩年は藩主盛徳の嫉妬を買い、明治三年には君命により帰郷を命じられた。廃藩置県により新たに設置された福江県大参事に就任するも、すぐに隠居を命じられ明治五年五月には四十歳の若さで没した。

後年、息子（白浜徴《あきら》）宛の手紙にこの時の心境を語っている。

「父は（久太夫）は、折角梯子《はしご》を掛けて山に登りかけた時に（殿様よりも上の位階になったので）、引きずり降ろされたのです」と、その時の複雑な心境を語っている。

いわば白浜は、自他ともに認める福江藩の実力者であり、新政府に躍り出る人材の少なかった福江藩の中で数少ない維新の立役者の一人だった。

早くから尊王攘夷派として頭角を現し、特に薩摩藩との間に多くの人脈を持っていて、その薩摩を代表する大久保利通や小松帯刀などとの関係は深かった。

余談ではあるが、現在の東京芸術大学の構内に久太夫の長男であった白浜徴の胸像がある。徴は東京美術学校（現在の東京芸大）の教授を長くつとめ、日本の美術教育の生みの親とも言われた。

そもそも、白浜家と富江藩は抜き差しならぬ特別な因縁があった。

それは、富江藩の藩祖である盛清がまだ分家する前のことであった。幼君盛勝の後見役であった頃の正月の宴で盛清が次のように発言したことにその端を発している。

「お前たちは、当主万吉（盛勝）とこの盛清のいずれを大切に思うか」

と主君をないがしろにした発言をしたため、当時の家老白浜利久は、「あまりの暴言」と思わず殿中にも関わらず刀に手をかけてしまった。

このことから、白浜利久は所領没収のうえ赤島に流罪に処せられてしまった。

この因縁は、幕末に至ってその子孫久太夫によって富江藩没収という、全く逆の立場で富江藩は窮地に追い込まれたのである。

富江に悲報届く

慶応四年七月二十日、在京の富江藩士林定、梁瀬勇三郎、松園半三郎の三人が富江に到着し、七月三日の悲報を筆頭家老今利与三兵衛以下の藩重役に伝えた。

この知らせは、あっという間に領内を駆け巡り、その余りの悲報に士民は大いに驚き、一挙に福江方への不満となって表れた。

すぐに大手門の前の道路には噂を聞きつけた群衆が集まり、不穏な空気が広がった。

「郷村帳を福江方に渡すな」

「福江を討て」などと口々に騒ぎたてる者が後を絶たなかった
奉行や目付衆が出てきて、ひとまず退散せよと再三にわたり申し渡すも、誰一人聞き入れる気配はなく大いに紛糾した。

いわゆる「富江騒動」とよばれる一揆騒擾はこの日を境に勃発したのである。

それは、富江藩二百年余の歴史を揺り動かす大事件となっていった。

一方の福江藩にとってはこの上ない吉報であり、早くも七月二十一日には富江藩筆頭家老今利与三兵衛、中老松園弥太夫、用人長瀬隆平の三人を石田浜の福江城に呼び出し、重臣たちが居並ぶ中で、家老の松尾勝右衛門から次のように言い渡された。

「この度、富江藩は領地没収。分家銑之丞には蔵米三千石を支給することになったので左様心得よ」と言い渡されたのである。

この言い渡しと並行して、福江藩家老貞方四郎兵衛、大目付奈留庄三郎、目付松尾庄一郎、同貞方半蔵の四名が富江陣屋に乗り込み、富江藩士一同を集めて先の言い渡しを行った。

まさに、付け入る隙を与えない電光石火の早業で富江領内の直接支配を開始したのである。

　これらのことからも分かるように福江藩上層部では、支藩吸収の企ては十分な計画と準備のもとに行われたのである。

　翌日には武社宮の月川日向、相模の親子が、寺社奉行宮崎弘見から陣屋に呼び出され、次のように言い渡された。

「この度、殿様はこれまでの三千石を福江に返納し、蔵米三千石を受領することとなったので左様心得よ」との達しを受けた。

「まことに御領内一統、ただ唖然といたし、寝食を忘れ罷りあり候」と、日向はこの時の驚きと衝撃を日記に記している。

　京都での必死の嘆願を行っているにも関わらず、何故か地元の重臣たちの中には過激な行動は見られなかった。

　これは筆頭家老今利与三兵衛の日和見的な性格もあるが、いたずらに騒ぎ立てると勅令違反の罪に陥ることを恐れたためと思われる。

　このあたりの政治に対する緊迫度は、維新の表舞台である京都の状況と地元では大きな温度差があったのである。それに比べて一般領民は分知以来の本家との確執で、常に分家ということで苦渋を舐めてきたことから、いまこそ富江二百年の報恩に応えるべき時と大騒動になった。

こうした福江側の有無を言わせぬ強硬手段に対して、富江側も家老今利大之進、用人西村岩右衛門、田尾五郎兵衛を福江に差し向けたが、最初から妥協案を持ち出すありさまであまりにも弱腰な交渉だった。

富江から出向いた今利家老の言い分は次の通りだった。

「蔵米三千石では家中一統生活もおぼつきません。出来うるならば、富江表一千石を銑之丞支配に任せ、上浦（宇久島・魚目・椛島など）の二か所分については蔵米二千石を支給してほしい」との控えめな申し出であったが、当然のようにこの申し入れは朝廷の示達に反するとの理由から一蹴された。

逆に、富江領内の寺社、地方頭等の関係書類を速やかに提出するよう露骨にその内政に干渉されたのである。

この富江一千石案は、藩主の了解を得たものでなく、あくまで筆頭家老今利与三兵衛の単独提案であったが、後の富江一千石復領する伏線になっている。

平田亮平は、この今利の一千石案を後に「今利の体たらく」と厳しく断罪して批判した。

七月二十四日にも再び、今利、松園の二人が福江に赴き、家老貞方四郎兵衛に諸帳面の引き渡しの猶予を願い出たが、逆に明後日の二十六日には残らず引き渡すよう厳命される有様であった。

このように、地元富江には藩の危急存亡の危機にも関わらず、藩の行方をリードできる有力な人材がなく、逆に福江側にすり寄るような事態となっている。

約定の七月二十六日になると、福江藩家老貞方四郎兵衛、藤原平馬、真弓弥五郎衛、宮崎紋助、梁瀬広記の五名が富江陣屋に乗り込み、領内の全ての高割目録の引き渡しを受け取る事態となった。

さらに富江支配の人的な布陣として、押役梁瀬隼太、町奉行松園嘉平、川口番所代官牟田又吉を着任させ、名実ともにその直接支配を開始したのである。

武社宮の神主月川日向は、この時の胸の内を次のように日記に記した。

「今日は、いかなる悪日なるか。富江一統嘆き悲嘆にくれる」

こうした富江表の惨状は、すぐに上浦にも伝えられ、七月二十九日には、椛島代官庄司弥四郎が来富し、椛島町人、百姓共はすべからずこれまでの通り銑之丞様に忠勤したいと一同の爪印並びに連名書を陣屋に提出した。椛島島民に続いて、魚目衆、宇久島衆と上浦の者も続々と来富し、同様の連名書を提出する事態となった。

こうした事態から、福江側は富江領民の人心の分断を図るべく、富江社人たちに川口番所並びに遠見番所の勤務を命じ、これまでの一本差しから二本差しへと士分待遇を許し、手当もこれまでの一人扶持から二人扶持へと加増し、明らかな社人優遇策をとった。

この社人優遇こそ、この後の「第二の富江騒動」へと発展していく遠因でもあった。

京都での陳情合戦

七月三日の悲報から半月あまり経過した京都では、富江藩主従の必死の嘆願と陳情が粘り強く続いていた。

再三にわたり、智恵光院の福江本陣を訪ね、飛騨守（盛徳）から復領嘆願を朝廷に対して行って欲しいと申し入れしていたが、福江側の態度は冷淡そのものであった。

七月二十九日には、平田武兵衛と玉浦類右衛門が福江本陣を訪ね、白浜と藤原両名と応対する。その折、家老白浜久太夫から福江藩としての立場として、次のような強い口調で言い渡された。

「銑之丞から飛騨守への相談の儀は、朝廷に対して違勅となる恐れがあり、以ての外である」

この結果を受けて、本家の情けにすがる道は絶たれてしまった。

八月三日には、こうした膠着状態を打開すべく、平田武兵衛の宿舎に在京の家臣の全てが集まり、もう一度、飛騨守に嘆願することが決まった。

「ご家老、これは明らかな福江方の陰謀であり、誰が見てもこのような不条理は許されません」と平田亮平が発言すると、次から次に同じような発言があった。

その結果、富江藩としてとしての嘆願はこれが最後で、万一違勅の罪に堕ち、殿様をはじめ家臣一同浪々の身となってもやむを得ない覚悟で嘆願することになった。

武士にとって、知行や扶持を失うことは、浪々の身に陥ることとである。

翌日には、昨夜の評議の内容を野村平八に命じて書面にまとめ、平田武兵衛・西村壮四郎・坂口七郎の三人内揃って福江本陣に届けた。

応接した白浜も、さすがにこの三人の必死の覚悟に動揺し、次のように弁明した。

「今回の措置は、全て皇国の御為であり、福江藩としては決して富江藩の取り潰しの意図は持ち合わせていないことを分かって欲しい」と言い訳しながら、富江藩の行く末については何らの言辞も与えなかった。

こうした西国の離島の本末の領土争いについては、他藩にも知られるようになった。

八月五日の昼過ぎに何の前触れもなく、長州藩士の新山彦五郎が国生寺の富江屯所を訪ねてきた。武兵衛と亮平の二人で応対すると、新山氏から次のように助言された。

「富江藩の復領嘆願書の太政官への提出は、官軍の関東鎮撫も差し迫っており、とにかく急がれた方が良いと思う。今なら参与や徴士衆も京都に滞在しています」と助言された。

武兵衛は維新の一方の旗頭である長州藩の後ろ盾は、今後のことを考えると大きな力添えになるだろうとの思いを巡らした。

「木戸公（桂小五郎）に是非対面の機会を与えて欲しい」ともちかけたところ、

「右の者、薩摩の岩下佐治右衛門と同じ考えなので差し控えた方が賢明である」と長州藩内部の事情を明かした。

翌六日には、亮平が昨日の御礼を兼ねて長州屋敷（京都市中京区一之船入町）の新山彦五郎を訪ねたところ、「権弁事大原左馬頭にもよろしく伝えてあるので、すぐに訪問した方がよかろう」と助言された。

宿舎に帰ると、今度は小林春斎が亮平を訪ねてきた。

「中御門卿が八月九日には大坂に出張するので、今すぐに相談に行かれた方が良い。また、太政官内の上層部には大分富江藩の嘆願の内容が浸透してきている。公家の押小路卿（実潔、後の子爵）も痛く同情しており、卿自ら知り合いの参与衆並びに徴士衆にお願いして回っている」とこれまた力強い助言を受けた。

早速、亮平は春斎から勧められた中御門卿宅を訪ね、その家人川越主計にこれまでの本末の交渉経緯を取りまとめた書面と復領嘆願書の写しを手渡したのである。

一方では、福江藩の本陣宿を本田杢兵衛が訪ねている。

「明日から越後口へ薩摩藩として出陣するのでお暇乞いの挨拶にきました」と本田は口上を伝えた。早速、藩主盛徳との対面があり、餞別として金十両が送られた。本田からは、富江一件については、家老の岩下に詳しく話しておいたので、何かあれば今後は岩下に相談するように言われた。

薩摩藩が越後に向かうことで京都での権力バランスが崩れることを恐れた白浜は、その日のうちに薩摩屋敷の岩下を訪ねたのである。白浜は本田様も不在となり、また当方の藤原平馬も国許に帰参することになったことから、京都では拙者一人になりますので、くれぐれもよろしく頼みますと願い出たのである。

これに対して、岩下からは「参与衆では異論ある人はいません。長州の木戸準一郎殿も同意しています。しかしながら、公爵方の中には異論ある人もいる様子なので今しばらくお待ちになってください」と言われたことから一縷の不安を持ちながら宿舎に帰った。

密書

八月八日、亮平は単身で丸太町にある押小路宅を訪ねた。すぐに、面談が叶い、その席で一通の書面を見せられた。

内容は六月二十二日に福江藩公務方佐々野勝衛から朝廷に内奏された秘密文書であった。

亮平は、この日の驚きと怒りを次のように日記に書き留めた。

「誠にもって言語同断の仕儀である。佞言《ねいげん》をもって朝廷を欺き、自らの願いを成就し、まさに切歯の至りで堪えきれない憤慨に至る」と余りの本家の露骨な所業に言葉を失い、茫然自失に陥った。

富江藩はこの時初めて、福江藩挙げて富江藩の乗っ取りの陰謀を知ったのである。

ちなみに、福江藩が押小路卿を通じて朝廷に内奏した文書の中身は次の通りであった。

領分五島の儀は、神州極西の孤島異国船渡来の咽候の僻地。殊にと隣領茂遠隔仕り非常の急応相なり難く、ついにその機会を失う。御国体関係の事件を生み候ては、一藩の恥辱は勿論、朝廷に対し奉り堪えざる恐縮に存じ奉り候。畢竟、小身微力の上先年来分知仕り全力を注ぎ候より、本末共に予備相整わず方今軍事多忙の際、海防その他の出兵の費用意の如く相成り兼ね苦心至極存じ奉り候。これによって、当時御武威万国に赤曜奉り候折柄、及ばずながら微力を尽くし、御聖之万一を報い奉りたく赤心に御座候。
右に付、末家銑之丞へ本領安堵の御沙汰蒙りおり候末に御座候得共、末家領分全て飛騨守一円仕り、銑之丞には元禄三千石を蔵米をもって相渡し、五島の全力をもって内外軍備は勿論、人民挙げて勤王の実効相願わしく存じ奉り候。よって、末家へのご用向き全て飛騨守引き受け清々微誠勉励存じ奉り候間、願いの通り御免仰せつけられ下され候はば、有難き仕合わせに存じ奉り候。この段伏して願い奉り候様申し付け候。

以上

五島飛騨守家来

佐々野勝衛

これまで「富江騒動」に関する郷土誌並びに史家の解説や説明によると、福江藩某臣佐々野勝衛（現在の五島中央病院の創設者・初代南松浦郡長）が単独で朝廷に内奏したような記述が多いが、内実は富江藩の吸収は福江藩の長年に渡っての悲願であり、当然に藩主盛徳や先代盛成の主命に基づいていた。家老であった白浜久太夫は先代の盛成から富江藩吸収工作についての内諾を得ていた。

福江藩の財政はすでに破綻同然であったことから、幕末動乱のこの機を利用して支藩吸収という横領同然の荒業に出たのである。これは筆頭家老であった白浜の発案であり、先代の盛成の後ろ盾を得た起死回生の生き残り策であった。

佐々野勝衛はその頃藩内で頭角を現した若手の藩士で、白浜の母親はその佐々野家の出であったため、何かと勝衛を庇護していた。さらに、白浜は、すでに貢士として太政官に出仕しており、各藩が内奏した各種の願書を知りえる立場にあったのである。このよう事情から白浜を中心とした福江藩内の重臣たちによって慎重に計画は謀られたのである。それが薩摩藩並びに主要公家を巻き込んだ裏工作の結果だった。

こうした事実が長い間明らかにされなかったのは、廃藩後は五島子爵家と元士族衆に対する配慮から封印されてきたことが推測される。

幕末のこの時期の両藩の財政状態を見ると、福江藩は、嘉永二年（一八四九）から始まる福江城の築城で各方面から莫大な借財を抱えるとともに、内政面でも各地で百姓一揆が頻発してその財政は破綻寸前に追い込まれていた。

一方の富江藩は、表高三千石ながら内高は一万六百石余、さらに浦々から上がる運上金は一千六百両と最盛期を迎えていた。運上金四百両を千石と見積もると、富江藩の実力は凡そ一万五千石となって、本家を凌いでいた。

福江藩としては、大義名分はどうであれ、何としても分家の経済力を取り上げたかったのである。

密書の事実を知った富江藩は、早速八月九日に福江本陣を平田、坂口、西村の三人で訪ねて、兼ねてからの願書の返答は如何にと強く迫った。対応に応じた白浜、藤原の両名からは「相成り難し」と一言だけ言われたので、平田は真っ赤な顔になり激しい言い争いになった。平田からは、「最早、これ以上の議論の余地はない。これからは銑之丞様にお出ましを願うしか方法はない」と言い放って席を立った。

富江藩としては、先の密書の内容から福江本家との交渉をいくら繰り返しても無駄だと悟り、単独での復領嘆願書の提出へと動き出していくのであった。

復領嘆願書の提出

すでに中秋の八月に入ったとはいえ、京都の残暑は厳しく、ジッとしていても耐えられない暑さが続いていた。

福江方と富江方の領地争いは、相互に必死の陳情合戦が要路に繰り広げられ、ますます過熱していった。

本家福江藩では、在京富江藩士挙げての並々ならぬ覚悟を察し、八月十日には白浜久太夫と藤原平馬の両家老から平田武兵衛が福江屯所に呼び出され、復領嘆願を思い止まるよう干渉された。

「復領嘆願書の提出は朝廷の意に背き、本家にも多大な迷惑が及ぶのでやめて貰いたい」

すでに福江方の本心と薩摩を取り組んだ謀議を知ってしまった以上、武兵衛も全面対決の姿勢で富江方の決心を伝えた。

「蔵米三千石では、藩主以下家臣の生活も立ちゆきません。本日、弁事役所に復領嘆願書を提出します」と言って席を立った。

ここに本家と分家の全面対決が開始されたのである。

翌日には、武兵衛がこれからの富江方への尻押しの確認のため岩倉具視と新山彦五郎を訪ねて重ねての要請を行った。

「昨日、弁事役所に復領嘆願書を提出したので、くれぐれも今後の事お願いしたい」と伝えたところ、新山からは「仔細相分かった」との頼もしい返事があったが、岩倉からは何の返事もなかった。

並行して平田亮平も押小路実潔を訪ね、同様のお願いを申し出ると、

「徳大寺卿（実則、後の公爵）が大変富江方を心配しているので、すぐに相談に行かれた方が良かろう。堂上の方々は富江方を御不憫に思っていなさる」と力強い助言を受けた。

また、押小路家の家人三村刑部からは、薩摩は支藩佐土原藩（二万七千石）の吸収も密かに企てていたが、この度佐土原藩は本末一和となって本領が安堵されたとのことを聞かされた。亮平は薩摩の思惑が意外な支藩存続の方向で進んだことに対して、富江の前途に明るい望みを抱いた。

一方の福江方は、富江方が単独で復領嘆願書の提出の挙に出たことにより、これまでの強硬姿勢に動揺が生じて、急遽、白浜が薩摩屋敷（上京区相国寺の南部分と同志社大学の敷地の一部）の小松帯刀を訪ね、今後の出方について相談を持ち掛けた。

小松からは何も心配に及ぶことは無いと次のように言われた。

「何様嘆願しても、何某心配しても、決して富江の願い通りにはならない。心配するには及ばない」

小松は、富江方の願いは決して成就することは無いと力強く言い切った。

小松は薩摩藩の家老の家柄で薩長連合の仕掛け人といわれていたが、明治三年には三十六歳の若さで病死している。

こうしたなか、長州藩の新山からも富江方に書状が届けられた。

「この度の嘆願の件は面白く運んでいる。確実ではないが、四、五日後の内には欣喜雀躍の喜びとなろう」と飛び上がらんばかりの嬉しい便りであった。それは、富江主従の訴えが太政官内部で有利に審議されているとの内容だった。

情勢が富江藩有利と見た平田武兵衛以下の重臣たちは、亮平を押小路屋敷に遣わし、五島飛騨守単独尋問を要請した。

当時の身分制度の中では分家の立場で本家藩主の尋問を求めることなど想像だに出来ないことであったが、ここに富江藩は藩存亡の賭けに出たのである。

このことから八月十五日に白浜、藤原の両家老が押小路から呼び出された。

「貴藩の関係者から分家の扱いについて願書が何通も出されており、何が何だかさっぱり分からない。西園寺卿に聞いたら薩摩の岩下と鳥取の門脇の二人も全く同じ願書を持っていたそうじゃないか。これはどういうことなのか。何ぞ分家に遺恨でもあるのか」との問いに対して、白浜は次のように弁明した。

「本家と分家の儀なれば、さしたる遺恨はありません。銑之丞養子以前には、本家から現藩主の盛徳の弟を養子とすることが決まっていましたが、生憎相果てたためこれも遺恨といえるものではありません。ただ、今般の朝命により分家一統では御条理も相立ちにくく、本家の方でも迷惑しています。実を以て、分家の役人共はこれまで説得するも一円承知いたさず、ただ遺恨を含め置き残念の極みである。この節、嘆願に及んだことも本家に何の相談もなく行っている。どうかその辺りの事情をご推察願いたい」

これに対して、押小路からは、次のような反論がなされた。

「片方ばかりの意見を承っても不都合なので、もう片方の言い分も聞かなければならない」

対する白浜も負けずと言い返した。

「朝裁は以前とは比べられないほど重いものである。分家の者共がそのことでお咎めを受ければ、当然本家にも迷惑が及びます。その上追々布告の通り、富江方が長崎府または天草県の支配となれば、同所より蔵米支給となり、なおさら難渋することは必定です。恐れながら、分家の者共には私共の申し分では聞き入れず、何卒御説得願いたく申し上げます」

と福江藩としての藩論を述べたが、押小路は納得せず激しい口論となった。

亮平は、押小路と福江方の会談内容を押小路家家人越川主計から詳しく聞き取り、福江方が改めて提出した願書の写しを持ち帰り、その足で中御門経之を訪ね、兼ねてからの頼みの一条について重ねてお願いしたところ、

「仔細承知している」と富江方有利の状況に安堵しながら宿舎に帰ってきた。

情勢が混沌として、どう転ぶか分からない状況に陥り不安になった福江方は最後の巻き返しのため、早速相国寺の薩摩屋敷を訪ね、家老島津主殿に今一度の尻押しを願い出た。

「去る十日、分家より復領嘆願書を弁事役所に差し出し、全く本家の説得を受け入れず困り果てている。もとより、貴藩の岩下、小松様以外に頼りとなる方もなく、殿さまも痛く心痛いたしています。私共も進退窮迫しており、ここに相談罷り越しました」

と切羽詰まった状況を打ち明け、薩摩藩の全面的な支援を重ねて要請したところ、島津家老からは次のような力強い励ましを受けた。

「前に岩下、小松が言った通りで、決して心配には及ばないので安心されよ」と薩摩藩のバックアップを約束している。

翌日の八月十六日にも、玉浦類右衛門が岩倉具視宅を訪ねこの度の件について最後の陳情をしたところ、岩下から次のように言われて安心したのであった。

「ことは順調に運んでおり、安心してよかろう」と富江方の有利な情勢は動かないことを

匂わされた。

さらに、平田武兵衛が先に亮平に打ち明けた密書の件で押小路を訪ねたところ、押小路が福江方役人の佐々野勝衛から密書を受け取った経緯について説明された。

「福江方から六月二十二日に内奏された密書については、福江方役人からは一言の説明もなかったので、私も深く考えずに内覧に供してしまった。後日、このことを徳大寺卿に相談したところ、甚だ好くなく悪しき企みであると申していました」

武兵衛は、富江方がいかにしてこの密書を入手した経緯については、後々いかなる禍があるかも知れないので知らなかったことにして欲しいと念を押した。

こうして、すべてが富江方有利に動いて見えて家臣の中にも楽観ムードが広がっている最中に、白浜の宿舎に薩摩の岩下、小松の両家老がわざわざ足を運んできた。

「この度の一件、さして心配する必要はないので安心されよ」と暗に富江方の敗北を匂わせている。それにしても僅かに一万二千石の小藩の家老でしかない白浜久太夫が、明治維新の主役である大藩薩摩をうまく取り込んだ政治手腕には驚きの外はない。

富江藩敗れる

八月二十五日、弁事役所触頭《ふれがしら》松平与一郎から呼び出しがあり、早速公務方野村平八を差し向けたところ、畠山飛騨守家来天津兵右衛門から次の達しを受けた。

「御願書は引き取ってもらいたい（却下）」との申し渡しを受けた。

野村は飛ぶように富江屯所に引き返し、この度の復領嘆願書が却下されたことを重臣たちに伝えた。

富江主従は最期の拠りところであった復領嘆願書が、太政官内部でまともな評議もなく葬り去られたことに色を失った。

取り急ぎ真偽を確認すべく、平田武兵衛と玉浦類右衛門の両名で岩倉宅を訪ねたところ、同家家人の西川貢から、次のように言い放たれ唖然とする。

「御嘆願の筋はもっともなれど、福江本家からは厚き心付けもあり、心付けの仕方により嘆願の内容も変わってくるものである」

と暗に富江藩からの心付けがないことと、政治的配慮のなさを指摘された。

岩倉にとって、西国の一小藩である富江藩の行く末など、維新の大業に比べれば、取るに足りない些事でしかなかったのである。

さらに手分けして、松園弥太夫、平田亮平の二人を中御門経之に差し向け「この度の御嘆願差し戻しは如何なる理由なのか」と問いただしたところ、中御門も驚いていて、全くこの度の沙汰は知らなかったとの説明を受けた。

「いずれにしても、誠に気の毒であり、早速参朝して大原少将に確認してみるので、これまでの嘆願内容を書面に取りまとめて貰えれば、再度関係者に周旋してみましょう」

結果的に富江藩としての政治工作の未熟さが露呈したのである。

一方、福江藩は早くから薩摩藩または有力公家を中心に徹底した根回しをしており、さらにここにきて急激な巻き返しに出ている。当初は中立的な立場であった岩倉具視や大原左馬頭も福江方の贈賄工作に屈している。

後年、白浜久太夫は家族の者にこの時の緊迫した状況を次のように語った。

「ある時は押小路卿との激しい舌戦があり、また、ある時は旧領復帰の勢いとなり、千変万化の情勢となったが、これをうまく切り抜けられたのは薩摩あればこそであった」とこの時の緊迫した心情を吐露している。

中御門経之からの指示により、野村平八に命じてこれまでの嘆願内容を書面に取りまとめ、畠山飛騨守留守居天津兵右衛門に提出したところ、同日の夜、再度非蔵人口に呼び出され、田中五位より嘆願書差し戻しの理由を告げられた。

「願書の趣旨はよく分かるが、いずれにしても提出するのが余りにも早すぎた。七月三日の朝廷からの達しは、本家飛騨守とよく相談の上となっており、何事も本末相談し、穏便に処置して貰いたいとの趣旨である」

とあくまで本末の話し合いによって、富江藩の行く末を決して貰いたいとのことであった。

最後の望みの綱であった復領嘆願も、その理由も曖昧のまま却下されたことで、再び君臣一同沸騰したが、国許富江の内情も混乱を極めており、ここは一旦帰国しょうとの結論に至った。

九月六日の朝には、藩主銑之丞から帰国の命が出された。

先発隊として、玉浦類右衛門、貞方半次郎が出京し、藩主一行も九月十九日には京都を離れ、大坂から海路で富江に向かった。京都には、西村壮四郎、川口三郎兵衛、野村平八、桑原久右衛門の四人を留めて情報収集に当たらせることになった。

富江領民沸騰する

倒幕から維新へと続いた激動の慶応四年も九月八日には、「明治元年」と改元され、あらゆる面で新時代の足音が響いてきた。

五箇条の誓文が発布され、京都から東京への遷都も行われた。

新しい国づくりの槌音が全国に響き渡る中、五島列島の富江藩の情勢は、七月二十二日の領地没収の悲報以来、連日のように領民の騒擾がつづいており、極めて危険な状態に陥っていた。

局面を打開すべく明治元年九月十三日には、福江藩家老糸柳丈四郎から、松園弥三郎、宮崎儀右衛門、大久保大輔、田尾五郎兵衛、平田仁惣太の五人が福江表に呼び出され、糸柳から次のような折衷案が提案された。

「この度、前藩主盛成公の特別な思い召しにより、富江方には蔵米三千石に加え、新たに銑之丞に知行七百六十石を支給し、併せてこの秋の家中知行もこれまで通り支給したい」との提案があった。

富江方は、この福江方の妥協策にも似た提案に対して、帰藩後速やかに回答したいと応え、その場は持ち帰ることになった。

陣屋に帰り、福江方の新たな提案を国許の藩士で協議したが、なかなかその結論を得ることはできなかった。

翌日、松園弥右衛門、平山欽右衛門、戸川澄衛、平田仁惣太の四人が再度福江に赴き、先の隠居盛成からの提案については、藩主銑之丞のお指図次第であると態度を保留したのである。

しかし、この盛成の提案は、これまで劣勢に次ぐ劣勢であった富江藩にとっては、福江藩の大幅な譲歩とも思われたため、今利家老を始めとした重役連中はその扱いに苦慮したのであった。

福富双方で着地点を見出そうと模索している最中の九月二十一日には、玉浦類右衛門からの書状が届き、八月二十五日に復領嘆願願が却下されたとの悲報が届いた。

富江一千石案を自ら持ち出した恭順派筆頭の今利家老も、この余りの悲報に接し、もはや殿様銑之丞の判断無くして何もできない状況に陥り、翌二十二日には、先の盛成の提案を正式に辞退したのである。

数日後に玉浦類右衛門等の先発隊が帰国すると、彼等から京都での交渉内容が詳しく伝えられ、余りの事に再び領内が騒がしくなった。

北浜の大鳥居　ここに一揆衆が結集した

十月七日には、百姓衆が残らず横ヶ倉の八幡神社下にある溜池土手に結集し、

「この秋の納石は、これまでの通り富江蔵元に納め、福江方には絶対に納石しない」と気勢を上げると、町内、小島、黒瀬、職人町の町人共も同じように福江方の支配は受けないと騒ぎ立てた。

富江表は騒然とした雰囲気に包まれ、ますます過激な様相を呈し一揆同然の事態となった。そんな時に、十月十八日の昼過ぎに、銑之丞以下君臣の五十人弱が悉く富江に到着したのである。それも、事前に福江城に挨拶に伺うこれまでの慣行を無視し、直接富江に船を着けたのであった。

この殿様の入部によって、これまでの藩論が一変し強硬派が主流となった。領民の意気が一気に高揚し、ますます混乱の度を深めていった。

十月二十日には、百姓、町人、職人衆が武社宮の鳥居下の北浜に多数結集して、社人安五郎が福江方に内通したという廉で、一気に同人宅を引き倒す騒動となった。

これまでの今利家老以下の国許重臣の恭順的な態度を一掃しようと多くの百姓衆が北浜に集まり、一揆騒擾の様相を呈してきた。

村々の辻や町内の角といった目立つ場所には高張提灯がともされ、赤々とかがり火が夜昼を問わず焚かれた。

あちこちで流言飛語が飛び交い、武社宮の神主月川日向宅を襲うといった話や軟弱派の巨頭今利与三兵衛宅を焼き討ちするといった話が飛び交った。

領民は、在藩であった今利家老以下の恭順派を「朝士」、江戸詰めの平田武兵衛以下の強硬派を「藩士」と区別した。領民から多くの支持を得て人気が高かったのは、江戸詰めの藩士たちであった。

しかし、同時代の他藩で見られたような主導権争いによる血で血を洗うような凄惨な事件が起きなかったのは、余りにも藩組織そのものが小さく、かつ家臣同士が濃い血縁関係で強固に結ばれていたためであり、おのずと過激な行動は抑制されている。

十月二十一日にも、顔を手拭いで覆って、手に竹やりや鎌で武装した百姓衆が残らず北浜に集合した。

「この節、福江方に協力した社人共の家は残らず引き倒す」と触れ回り、社人共が「勘弁してほしい」と懇願したが、百姓衆が断固として受け入れなかったので、社人たちはやむを得ず自らの手で我が家を引き倒すことになった。

まず、弥門宅を引き倒し、次に弥門の倅梅弥宅を引き倒した。引き倒した家屋の材木や家財は悉く燃やし、領民の社人たちに対する怒りが爆発したのである。

富江表は、完全に無政府状態に陥ったため、二十二日には福江方から派遣されていた押役の梁瀬隼太以下の役人も業務不能になり、早々に残らず福江に引き上げた。

この結果、福江対富江の全面戦争に発展するような危険な状態になった。

田尾村から福江酒造に出稼ぎに行っていた者の話では福江方は「富江討つべし」と家中の足軽は鉄砲を取り揃え、すでに大浜村には監視船二隻を出し、海岸べりには武装した兵を配置し、兵糧の準備も整っているとのことだった。

また、富江街道沿いの大円寺、坂の上、野々切には番所を建てて侍と足軽が常時詰めていて、飛脚さえ三尾野から先の福江城下には立ち入ることができないという話だった。

これを聞いた富江領民は、十五歳以上の男子は残らず竹槍、山刀、斧を携えて北浜に集合し、福江方より襲撃あれば、死力をもって防がんと大いに気勢を上げる騒ぎとなった。

しかし、夜になると全く異なる情報が狩立の集月寺（明治八年に妙泉寺に吸収）住職からもたらされた。

それによると、福江方の様子は富江に仕掛ける気配はなく、富江方が騒動を起こしていることから、万一を考えて自衛のため配置しているとのことだった。

このように互いの情報が錯綜し、何が真実なのかさえ分からず、疑心暗鬼に陥り益々混乱に拍車がかかっていった。

これを知った領民は舟手地区で大会議を開催して、ついに五十人からなる京都嘆願隊を派遣することを決したのである。

同じように、藩士からも再度の京都嘆願やむなしとなり、平田武兵衛、今利大之進、大久保大輔（蔵奉行）、松園林右衛門（魚目代官）、泊官太夫（宇久代官）、桑原貞四郎（椛島窯主）、富江表から坂口七郎、平田官兵衛、長瀬尚一郎の九名を派遣することになった。

十月二十五日になると、領内魚目村曽根、江袋の当時居着きと称されたキリシタン信仰が露見し、さらには、榎津村の郷卒只助、同町人福助、同百姓吉松の三人が福江藩の制札を打ちこわし、「福江方の支配は受けない」と触れ回った。こうして魚目村を中心に上浦の富江領にも騒動の波が広がっていった。

井上聞多と長崎裁判

領地没収による富江騒動は、福富双方がにらみ合い、互いに譲らない不毛の消耗戦を繰り返し、本家分家の話し合いでは決着がつかない状況に陥った。

富江騒動は、中央政府にも聞こえ、もはや見逃すことができない深刻な事態となった。このことから、十月二十七日には、長崎府の役人森路惣十郎が急遽富江に入り、次の示達を行った。

御用の儀これあり候条、国事相心得候家来一両人、この書状到達次第急速出立当府へ差し出し出られるべく候

辰十月

長崎府

長崎府とは、明治元年に明治政府によって長崎に設置された行政機関であったが、一年余りで現在の長崎県になった。

長崎府在勤時の井上聞多

右の来崎の要請により、早速メンバーの人選が行われ、筆頭家老の今利から次の者が御用を仰せつかった。

長崎府への使者として、松園弥太夫（後の央）、草野七郎右衛門（後の建蔵）、中司理右衛門（後の和風）が選ばれ、併せて平田武兵衛、今利大之進の二家老が同行することになった。

また、長州、佐賀藩への親善使節として、長州へは平田亮平、川瀬雄右衛門、佐賀藩には松園弥太夫、草野七郎右衛門の各々二人ずつ選ばれた。

こうした藩士たちの動きとは別に、百姓、町人、黒瀬、小島、上浦などの一般領民も五十人からの代表を選出して、京都嘆願に出立する独自行動に出たのである。

長崎出張の富江藩代表は、十一月一日には長崎に入り、翌日には早速長崎府に出頭し、判事の長州藩士井上聞多《もんた》（後の馨）に面会した。

井上は、長州を代表する幕末の志士であり、維新後の太政官時代には長崎裁判所判事、外務卿、参議等の要職を歴任し、明治政府でも内務大臣や大蔵大臣を歴任したいわゆる明治政府を代表する一人であった。

面会が許されると、すぐに井上からこれまで福江方から公然または私的に上申された十三箇条に及ぶ尋問を受けたのである。

その主な尋問の箇条は次の通りだった。

○富江の百姓、町人共が打ち騒いでいるのは何故か。
○福江の役人を富江から追い出したのは事実か。
○殿様の下向の時、脱走船を雇い、また、溝口家の脱走者二百人を引き連れていたというのは事実か。
○福江より商売のため富江に出張していた者の家二、三軒を打ち壊したというのは事実か。
○異国船が三隻富江陣屋前に停泊し、その内の二隻が発砲し直ちに出港したというのは事実か。
○福江から相詰候代官貞方半蔵の宿舎に礫を投げ込んだのは事実か。
○右同人旅宿に抜き身にて狼藉したというのは事実か。

主に右のような尋問が行われたが、富江使者は一々それらの事情を懇切丁寧に述べ、また、事実無根のものはその都度撤回し、真実を包み隠さず申述した。

井上は、これらの福江方からの上申に対して、おおよそ富江方の言い分が真実であることは承知しており、わざわざ桜町の私邸に富江の使者を招いて、たびたび労ってくれたのである。

「領民が今騒ぎ立てるのは良くない。何事も辛抱することだ。今後、このようなことがたびたび起きるようでは、私の立場では京都に報告せざるを得ない」と懇切丁寧に諭した。

これに対して、富江使者の代表である松園からは次のような要望がなされた。

「このような誤解が生じるのは、長崎府と富江藩の間に連絡手段がないためであります。ついては、草野建蔵の長崎駐在を許して頂きたい」

すると、井上から諭すように次のように言われた。

「富江の事情はよく分っているのでそのような必要はない」

翌日も朝早くから井上邸を訪問し、昨日の尋問の詳細を書面にまとめ提出したところ、井上から、福江方が内々に上申した書面を見せられたので、その写しを是非貰い受けたいと申し出た。

「このことが領民に知れると、却って騒擾の種になるので写しを渡すわけにはいかないのだ」と言われたため断念した。

「五島は遠隔の地であり、朝廷でも詳しい事情が分からないことが多いので、今後は何事も書面にしたためて提出して貰いたい。また、拙者（井上）に内々に書付にて書面を貰えば、その都度京都に上申してみよう」と富江方への協力を約束するとともに、今後の富江士従のあるべき方針について助言した。

「今、富江藩が為すべきことは、百姓の騒擾を鎮圧することである。そのことが藩のためにも朝廷のためにもなることであり、早速、国許に引き返し、一揆騒擾を取り鎮めて欲しい」と重ねて要請された。

十一月四日、富江使者は、復領についての確たる成果も得られなかったので改めて井上の私邸を訪ねた。

「福江方から今後如何なる妨害があるかも知れないので、やはり草野建蔵を長崎に留め置きたいのですが」と重ねて申し入れた。

「今後は福江方から如何なる上申も直ちに取り上げることは決してしない。聞くところによると、富江方百姓が大挙して京都に愁訴に及んだとのことだが、このことは殿様銑之丞をはじめ富江方に極めて不都合なことになるので、早々に連れ戻された方が良い」と言われ、また、一刻も早く国許に引き返し、一揆の鎮撫に専念されるよう申し渡された。

この長崎での尋問は、判事井上聞多の終始富江方への同情もあって、一定の成果を得たのである。この尋問を境として、富江藩士従は領民鎮撫の一辺倒に方向を転換していく。むろん、並行して復領嘆願も行っているが、かつての強硬姿勢は影を潜めていった。

このことは長崎の裁判が期待以上の成果をもたらしたのと、富江主従のこれまでの運動を通じての政治意識の高まりもあった。

また、井上聞多の鎮撫策の裏には、当然にこの頃露見したキリシタン問題を内蔵しており、すでに長崎府の足元である浦上では露見キリシタンの処遇問題が大きな政治課題となっていた。

慶応四年六月一日から始まるいわゆる、「浦上四番崩れ」と言われるキリシタン弾圧が始まり、明治六年の弾圧停止に至る間に浦上のキリシタン宗徒は、実に二十藩に流されその数は三千三百九十四人に及んだ。そのうち六百六十二人が非業の内に亡くなったのである。

諸外国の大使館からも、明治新政府の余りの弾圧に激しい抗議が出され、国際問題となりつつあった。

井上の富江方に対する好意的態度は、五島に多数いる潜伏キリシタンが、この富江での騒動を機に第二の「島原の乱」へと発展していくことを恐れたためともいわれている。

領内の鎮撫活動

十一月二十六日になると、長崎府裁判所の井上聞多他二十人の大調査団が現地視察のため来島した。この時代になると長崎からの移動手段も蒸気船となり、それまで弁財船などの帆船しか知らなかった島民はその姿に驚くとともに新しい時代の到来を実感した。

従者は、井上判事を筆頭に上下七人の外に取締役薬師寺久左衛門上下三人、属役・写方役高松精一上下二人、使役渡瀬仲太の合わせて十三人であった。

一行は、福江の港から用意された宿に分散して入った。翌日には朝から福江城に入り、福江藩家老貞方四郎兵衛、藤原平馬、奈留利左衛門、日比野新等の藩の重臣と面談し、この度の騒擾に至る尋問を行った。

注目すべきは、福江に滞在していた薩摩藩士田原斎と井上の面談が行われたことである。薩摩藩は本田杢兵衛の外に田原斎をも福江に派遣して強固な支援体制をしていたことである。福江と薩摩の同盟関係の強固さを改めて窺い知ることができる。

井上一行は、福江での尋問を終えると、大浜村から小舟を数隻仕立ててその日のうちに

陣屋大手門　現在は実相寺の山門として復元されている

富江大蓮寺（浄土真宗）に入り、富江藩家老今利与三兵衛、中老松園弥太夫、用人長瀬惣兵衛の三人の尋問を行った。

翌日には、富江藩主と面談のため富江陣屋を訪ねた。井上判事が何のお咎めもなく堂々と陣屋大手門から入ったため、かつて福江藩主の来訪以外では決して開くことがなかった大手門が開かれたことは、これまで経験したことがない大事件だった。聞けば、長州の井上判事は、五位の位の高官だと知り納得したのである。

藩主銑之丞との会談を終えた井上が再び大蓮寺に戻ってきたところ、富江村百姓その他近在の百姓衆が多数大蓮寺に駆け込み、直接井上に対面したい旨の申し入れを行った。しかし、長崎府の役人から、この度の一件はすべて長崎府において審議しているので、この場は引き取って貰いたいと退散させられた。

富江での聴取を終えた井上は、川口番所から富江役人の見送りを受けて、そのまま船で福江に向かった。

一行の内、薬師寺と高松の両名は上浦（宇久・魚目）領民の鎮撫のためそのまま富江に滞在した。

この間も、井上判事の富江訪問を聞いた魚目村百姓約三十人が急遽富江に入ったが、すでに福江に戻ったことを聞き、慌てて福江滞在の井上を訪ねて陳情に及んだ。

魚目村領民の言い分は次の通りであった。

「私共、魚目村百姓はやむを得ず納石を福江表に行っても、支配は富江方から受けたい」と福江支配を頑なに拒否したのである。

一方、長崎府から出張している薬師寺と高松の両名は上浦鎮撫のために富江を離れたが、藩主銑之丞の命により松園弥太夫、宮崎郡右衛門、長瀬惣兵衛、今田良右衛門、内野庄右衛門、庄司弥四郎の六人を同行させることになった。

また、富江表の説得には、中老の玉浦類右衛門、用人松室岩右衛門、目付久保泰蔵、藤田巌が任命された。

上浦鎮撫隊はその日のうちに椛島に入り、同村での鎮撫を行ったが、椛島《かばしま》の村民は悉く次の理由により合藩に反対した。

○二百年来の富江五島家に対する恩義がある。

○椛島は土地が狭く、専ら漁業を以て生活しているが、これまでも丸木漁民からの略奪がひどく、合藩すると益々このことが激しくなる。

との言い分であったが、ここはひとまず元代官庄司弥四郎に鎮撫を一任し、他の者は次の目的地魚目に向かった。

十二月五日、一行は魚目掛榎津《えのきづ》村庄屋西村長次郎宅に入り、翌日には個々の郷士三、四十名を集め、同様の鎮撫を行ったが、彼らの言い分は椛島村と異なり激しかった。

「富江五島家二百年の恩義は勿論のことではあるが、この度の福江方のやり口は御維新のどさくさに紛れ略奪同然のやり方で勘弁ならない。もし、富江藩の存続が不可能であれば、年貢の納石は長崎府にして貰いたい」と強硬に申し立てた。

同じ日に一般領民四百人を集めて同じような鎮撫を行うも、全く郷士たちの言い分と変わらなかった。

翌日も魚目領民を集めて、昨日同様の説得を行うが、領民の結束は固く、一同福江の支配は受けたくないとの一点張りで、どうしても富江支配が無理であれば長崎府に納石するとのことであった。

それでは、殿さまのためにもならないので、御趣意を守り福江方の支配を受け入れるよう粘り強く諭すと、よくよく協議の上返答するとの回答を引き出したのである。

十二月八日になっても魚目村としての合意が得られないので、鎮撫隊が各々分かれて村々を回り、それぞれの村役に粘り強く説得すると、ようやく意義なく福江方の支配を受け入れることに納得した。

早速、榎津村の番所に詰めていた領民を解散させ、また竹槍や斧などの武器も始末させた。

こうして、三日間に及んだ魚目村の鎮撫活動は終了した。それでもなお、一抹の不安が残ったので、薬師寺、松園、長瀬、浦の四人を魚目に残し、残りの者は宇久島に向かった。

魚目騒動の余波は、榎津村での藩の制札破棄の廉で責任者の庄屋西村長四郎が暫く座敷牢に閉じ込められ、代官内野庄右衛門、小串庄屋中野儀兵衛、榎津庄屋西村長四郎、似首小頭湯川助三郎の四名は漁業権の権利である加徳《かとく》を召し上げられた。この加徳権が再び交付されたのは、明治八年になってからであった。

一連の富江騒動の過程で合藩に最も強く反対し、福江支配を最後まで拒否したのは魚目村民だった。これは明暦元年の分知により富江藩が成立して以来、長いこと福江藩の有川村との間で海峡争いが絶えなかったためでもあった。分知するまでは、有川湾の海は漁業を主たる生業とする魚目漁民の生活の場であったのが、分知により藩境を定める必要が生まれ、その争いは江戸の評定所まで持ち込まれた。貧しい魚目・有川の村民たちは生活の全てを掛けて都合三度も「江戸のぼり」繰り返し、やっと評定所の裁決が出たのは、元禄三年五月六日のことだった。

裁決の骨子は次の通りだった。

——磯漁は地付次第、沖は入会——

つまり、有川湾の磯場は有川村、魚目村の磯場は魚目村のものとし、沖合は両浦の入会とすべしとの裁決だった。

魚目と有川は絶えず海境争いを繰り返してきたのである。魚目村は分家の領分ということで何かあれば本家福江藩から苦杯をなめさせられてきたことから、反発し敵愾心を持ったのである。

魚目村の鎮撫をほぼ終えた長崎府の高松精一と富江役人は、十二月九日には魚目の立串港から宇久島の神浦港を目指し、そのまま宇久代官所に入った。早速、領民を集めて魚目村同様の鎮撫を深夜に至るまで行うが、なかなか宇久領民の納得は得られなかった。

翌日も朝から代官所に一同を呼び集め説得を繰り返すが、領民の意思は固く、その主張は次のような内容であった。

「富江五島家二百年来の恩義がある。この度の福江方の不人情なやり方に我慢が出来ない。福江の支配は受けられないので納石は長崎府に行いたい」

これに対して、富江方役人は、「領民の気持ちはよく分かるが、ここは朝廷からの御趣意を守り、なんとか福江支配を受け入れてほしい」と諭すが、大勢の者が納石はこれまで通り富江方に納めたいと、興奮して聞く耳を持たない状態になった。議論は白熱し、堂々巡りとなった。

「このような状況は殿様の御為にもならないので、ここは朝廷の達しをまもり、何卒福江支配を受け入れてほしい」と富江役人が伏してお願いしたところ、ついに宇久島領民も折れて福江の支配を受け入れたのである。

ここに上浦二か所の鎮撫活動が完了し、富江藩二百余年の支配が終わりを告げたのである。

十二月十二日には、松園以下の富江役人は、宇久島を離れ、有川村に入った。ここで福江方役人真弓弥五兵衛、宮崎紋助、太田七助、松尾小弥太、中村彦兵衛などに面会し、速やかなる代官派遣を要請したのである。

これを聞いた福江方はすぐに、魚目代官松尾小弥太、青方代官中村彦兵衛を任命しその日のうちに着任させた。

これら一連の上浦での鎮撫活動は、最初から福江支配を許すもので、富江藩にとっては何のメリットも生まないものであった。これまでの復領嘆願で見られた嘆願に次ぐ嘆願といった激しい行動からすると何とも不自然な動きだった。

このことは、先の井上判事との尋問過程で何らかの約束事があったのか、それとも時勢が版籍奉還に向かっており、いずれ藩そのものの維持が困難とみての行動なのか分からない。

結論から言えば、十一月四日に内々に井上判事に提出した口上書からその方針転換の訳を読み取ることができる。

口上書

（前文略）先般、銑之丞領地三千石飛騨守へ支配仰せ付けられ、銑之丞へは蔵米にて相渡し候条、仰せ出され候。百姓共にては旧主数代、俄かに恩義忘却仕らず、飛騨守一片の相談もなく、右の始末相成り候。横領同然の致し方と只々お恨み居り候。しかしながら、右に付、家来共は元より恭順罷りあり、百姓共へも清々申し渡し、鎮定仕り候。恐れ多くも無実の罪《つみ》を内々にお届け申し上げ候。

十一月

五嶋銑之丞内
松園弥太夫
草野建蔵
中司理右衛門

この口上書からも分かる通り、勅令そのものは受け入れ恭順する態度をしめしているものの、福江方のやり方は富江方に一片の相談もなく横領同然であるとして、富江藩はあくまで無実の罪に陥れられた被害者であり、その正当性を訴えていく方向に転換している。

富江一千石の復領

上浦での騒動がひとまず沈静化したとはいえ、福江・富江の合藩問題は依然膠着したままであり、福江方から派遣された役人も引き上げたまま明治元年も暮れたのである。

明けて明治二年一月八日には、昨冬に京都嘆願のため上京していた百姓共がさしたる成果もなしに国許に帰ってきた。遅れて、一月二十二日にも京都嘆願で上京していた今利大之進、平田官兵衛、大河内悦蔵の三名の者が帰ってきたが、何の成果も持ち帰ることはできなかった。

こうした中、二月六日には、明治政府の監察使渡辺昇（大村藩士、後の子爵）が、副官宮脇小源吾その他福江方役人藤原友衛を筆頭に日比野新七等二十人の従者を引き連れて富江の大蓮寺に入った。

渡辺昇は、天保九年生まれの大村藩士で、いわゆる明治の元勲である。若い頃に江戸に出て、有名な練兵館で長州の桂小五郎の後任として塾頭を務めた剣客であった。帰藩後の大村騒動では持ち前の剣技で、幾多の藩士殺害を自ら実行し、藩内の主導権を握り明治政府に躍り出た人物である。慶応四年六月から明治六年のキリシタン弾圧禁止まで続いた、いわゆる浦上四番崩れでは弾正大忠として弾圧者としての本領を大いに発揮し多くのキリシタンを弾圧した。長崎裁判所諸郡取締、弾正大忠、大阪府知事、会計検査院長などを経て、明治二十年には子爵に列せられ長く貴族院議員を務めた人物であった。

富江方は、この明治政府の高官に一縷の望みを託し、藩内で最も見識を有すると目されていた平田亮平を接待役に任じて、陪席に町奉行宮崎弘見、目付藤田巌、蔵奉行貞方守衛、手代庄司弥四郎、徒士目付平田藤平、給仕松園藤之助、泊宗馬、医師内野草庵、穎原京仲等を配して万全の態勢で臨み、領民挙げての盛大な歓迎で迎えた。しかし、井上来富の時と違って、渡辺は極めて冷淡で、富江の思いは悉く跳ね返えされた。

長崎裁判所時代の渡辺昇

「先に発した新政府の布告は絶対的なものである。却って姑息な復領運動を続けることは、新政府の感情を害し益々不利な立場に追い込まれるだろう」と最初から結論ありきの宣告だった。

これは奥羽平定も完了し、すでに新政府の骨格も固まりつつあったこの時期、新政府の官僚も高圧的であったのと、渡辺個人の弾圧者としての面目躍如たるものがあった。

渡辺昇は有名な「大村騒動」の中心的人物で、敵対する有力藩士を悉く冤罪に陥れ、また自らの刀で粛清したりして藩論を尊皇攘夷派にまとめ上げたことにより、石高三十石の下級藩士から明治新政府の高官に躍り出た人物であった。

明治政府は、渡辺の大村騒動で発揮した辣腕を浦上のキリシタン配流や富江騒動などの難問処理に利用したのである。

「富江の百姓共は、福江に納石した方が便なりとして鎮定したが、再び動揺していると聞いている。彼らは朝命を知らずしていたずらに騒いでいる」と渡辺が居並ぶ富江藩接待役に告げた。

これに対して平田亮平は、「どこでそのように聞かれたが知りませんが、それは誤りです」と答えて、次のような弁説を行った。

「それ一命を投げうち、妻子も顧みずに愛国の至情に至る者、何で一俵に五合や三合の違いを言いますか」と反論し、

「朝命などは我らに告げるもので、文盲僕野の百姓においては関係ないものである。百姓たる者はその領主に忠を尽くせば済むものである。朝廷に忠を尽くすのは領主である。その士民は領主に忠を尽くすのみであり、ひいてはこれが朝廷に忠を尽くすことになるので

はないか」と亮平が応じると、渡辺は笑って、

「実に正論である。百姓は君主有りて、天子あるを知らない文盲である。かくの如きであるから治めやすき者である。我は大村の者、大村においても百姓は文盲である」

知識人で開明的であったとされる平田亮平においてすら、斯くのような強力な封建思想の持ち主だった。

結果として、この渡辺昇との会談は富江方にとって何の意味もなく、ただ前途に困難をもたらすだけの結果でしかなかった。

長崎府との交渉をいくら繰り返しても前途に望みはないと知った富江藩は、再度中央政府に嘆願しようとの結論になった。

幸いに四月二十七日には、聖駕東遷《せいがとうせん》（東京遷都）となったことで、銑之丞はこれを機に上京することになり、再度中央政府の要路に陳情することになった。

しかし、七月十四日になると新政府から、この度の一揆騒擾の責任を問われ、福江藩知事の盛徳には差し控え、銑之条には謹慎処分が下されたのである。

この謹慎処分と並行して、富江藩には思いもよらぬ吉報がもたらされた。

それは、これまでの復領嘆願願いが新政府から認められ、富江表一千石の復領が認められたのである。

富江表千石復領の御朱印状

兼ねて嘆願の趣余儀なき次第、聞き召され格別の思い召しを以て富江表に於いて高千石地方を以て下し置かれ候。

就いては、向後本末の大義を失わざる様、屹度相心得申すべく事。

明治二年七月

太政官

慶応四年七月三日の富江藩領地没収の布告から丸一年、富江藩主従は旧領を復領すべく総力を挙げて嘆願に次ぐ嘆願を繰り返してきたが、ここにきて突然に太政官布告によって富江地方一千石の復領が認められた。

すでに、明治新政府の基盤が固まりつつあるこの時期に何故、旧態に復帰させるような領地回復が認められたのだろうか。

思うに、この度の富江藩領地没収の措置は誰が見ても福江藩の維新のどさくさに付け込んだ強引極まりないやり口だったことと、五島列島全域で露見したキリシタン問題が大きな政治課題としてクローズアップしてきたことが要因として考えられる。

何故なら、富江領内の一揆騒擾をこのまま放置していたら、いつ何時キリシタン一揆と結びつくか分からない可能性を孕んでいたからである。そこで明治新政府としては、富江藩の領土の一部を回復してやることが五島一円の平穏に繋がると考えたのではないか。そのように解しないと、廃藩置県の議論が持ち上がっていたこの時期に旧弊復活である領地回復の措置は理解しづらいものがある。

この後に続く「第二の富江騒動」は、単に富江藩内部での旧士族と領民や社人を巻き込んだ利権争いであり、いわば旧家臣の保身に起因する身内での争いに過ぎなかった。

明治二年九月になると、富江藩にさらなる吉報がもたらされた。それは、富江一千石とは別に、北海道の後志《しりべし》国内にも知行を賜ったのである。

北海道後志国拝領の御朱印状

後志国磯屋郡の内、後別川東。但し、川これに属する。

右、その方支配に仰せ付けられ候事。

明治二年九月

太政官

拝領地の場所は、現在の札幌と函館の中間地で、尻別川に沿った蘭越《らんこし》町の南部から日本海側の磯屋あたりまでの地域だった。

この拝領地に富江藩は明治二年十二月九日には、平田武兵衛、長瀬省一郎、松園林右衛門、貞方半次郎他数名の者を調査団として雪深い北海道の原野に派遣した。

朝廷の北海道開拓の方針もあり、富江藩としても移住の可否を真剣に考えている。

この北海道の知行地拝領により、地元富江では、富江一千石（実録六千石相当）と北海道の知行を合わせると一万石以上になり、殿様は大名に取り立てられたと噂されたのである。

この当時、東京に滞在していた銑之丞以下十四人の富江主従は、右の達しを聞き速やかに帰郷の途に就いたのである。

十一月六日には、横浜港からアメリカ船「コスタニア号」に乗船して長崎に向かった。

ちなみに、この時の横浜から長崎までの十四人分の船賃は、合計百八十八両二朱で、一人当たりに換算すると約十三両余りとなり、現在の感覚からすると非常に割高な運賃だった。

五日後の十一月十一日には、長崎港に上陸している。

わずか二三年の間に驚くような交通網の発達があったことが分かる。旧藩時代には五島から江戸まで、船と陸路を合わせて凡そ四十日かけて参勤していたことと比べれば隔世の感があった。

銑之丞以下富江主従はすぐに長崎県庁（明治二年六月には、これまでの長崎府を廃し新たに長崎県となった）を訪問し、長崎県初代知事野村清並びに弾正大忠の渡辺昇に面会し、富江一千石の再接収について協議したのである。

富江藩滅亡

富江一千石復領と北海道への新たな知行地拝領によって、地元富江では喜びに溢れていたが、時代の変遷はこうした富江主従の思いを遥かに凌ぐ勢いで動いていた。

十二月二日には、太政官布告によってこれまでの高家旗本の称号であった位階が廃止され、それまでの中太夫身分の者はすべて士族に組み込まれたのである。

高家旗本とは、主に著名な守護大名や戦国大名の子孫や公家の分家など、いわゆる名門の家柄であった。富江藩も分知以来高家旗本に任じられ、代々交代寄合席を務め、江戸城内での席次も五位の外様大名並みの柳の間詰めだった。

中太夫の身分が廃止されたので、銑之丞は新たに地方官直属（東京府）の一介の士族になり、禄高百二十石を支給されるだけの身分になった。これでは、家臣二百余名を養っていくことは不可能で、事実上の廃藩に追い込まれた。

まさに、富江藩の命運はここに尽きたのである。

富江一千石の復領から僅かに五か月、時代のうねりは一地方の思惑を超えて一気に廃藩置県へと動き出したのである。

明けて明治三年正月には、銑之丞は陣屋大書院に家臣一同を集め、重臣を通じて次のような宣告を行ったのである。

廃藩宣言

朝廷よりの御規則仰せ出され、福江より追々申し越し候儀も有之甚だ御心配思い召し就いては、殿さまには御定高にて御受けなさるべく候。

福江に御相談遊ばされ候思い召しはこれ無く、依っては、一同へも以後不本意ながら御扶持等はくだされず候間、福江より申し越し候儀も之あり候につき、ほど良く評判いたし候様、もっとも、御開運の節は何時でも御願い聞き届け下さるべし。

一同何事も相忍び活計相立様致すべし。御家来の儀は一両人御取り纏め相成るはず。

これまた左様心得候様御意これ有り。一同畏れ奉り候段御受け申し上げ候。

この聞くに堪えない悲痛な宣告によって富江藩は消滅した。

初代盛清の分知以来二百十四年、藩主八代、家臣二百余名を数えたが、この日を一期に永久に富江藩は消滅した。

藩の滅亡により、家臣一同は旧藩主と同列の士族に列することを潔しとせずに、自ら帰農商願いを提出して士族身分を返納したのである。

「富江藩に士族に列する者なし」と謂われ、最後まで殿様に忠義を尽くしたのである。

従って旧富江藩には、銑之丞を除いて誰一人として士族に列する者はなかった。ただ、唯一の例外として、明治三年一月十七日に武社宮の月川日向とその息子八百重が福江県から士族に列せられている。さらに、同年三月十九日にも孫の月川清水が同様に士族に列せられた。こうした福江方の社人への優遇は、当然に富江領民から激しい反発を招き、この後の「第二の富江騒動」へと繋がっていくのであった。

ちなみに、この時に銑之丞の家僕として召し抱えられたのは、平田武兵衛、長瀬惣兵衛、草野建蔵の三人であった。

封建制度の色合いがいまだ強く残るこの時期、扶持と主君を失う士族返上の家中侍の心境を察すると万感胸に迫るものがある。

この時提出された帰農商願いの文面は次のようなものであった。

帰農商願い

三代以上　玉浦類右衛門
同　今利多門
同　松園弥右衛門
同弥右衛門倅　松園弁之助
三代以上　松園弥平次
同　大久保郡右衛門
同　中司理右衛門
（以下、略）

右の者共帰商仕度旨申出候。依之肥前国松浦郡五島富江村
浜ノ町名主古本藤右衛門江引渡申度奉存候

このような文面で、合わせて百五十三人の家中の侍が、帰農商願いを出して、各々所属する名主に引き取られている。

最後に旧藩主銑之丞が次のような伺い書を出している。

右の者私（銑之丞）元家来之者共、前書之通申出候に付不苦御儀に御座候者夫々江引渡し申度此段奉伺候

以上

五島銑之丞

一方、福江方はその後の廃藩置県後も足軽以上すべからず士族に列したのは皮肉な結果だった。

富江廃藩で、京都以来富江藩吸収に大きな役割を果たした薩摩藩の本田杢兵衛もその仕事を終えて国許に帰っていった。

しかし、いったんは帰農商願いを出し士族を返納したものの、その多くがすぐに生活が困窮するようになったため、二月五日には約五十人の旧家臣が福江県への仕官願いを出したのである。

いくら困窮したとはいえ、廃藩間もないこの時期での仕官願いは、領民からすると主家を売る裏切り行為であり、その後、利害の対立する旧家臣同士での激しい中傷合戦が繰り広げられた。

福江県側は、富江の一層の分断を推し進める好機として、これらの仕官希望者をいったんは受け入れたが、その後福江県そのものが長崎県に吸収されたことからその受け入れは反故にされた。

旧富江領の帰属が未だ定まらないままであったが、やっと明治三年五月十七日に至って、その全てが長崎県の管轄下に置かれることが決定したのである。

このことを受けて、旧主銑之丞は富江陣屋から立ち退き、家僕の長瀬惣兵衛宅に居候となった。

しかし、長崎県への編入は形式的なもので、県役人の派遣もなく、その実態は旧富江藩支配のままであった。

やっと長崎県から土肥小参事、藤木小属、白石徳三郎の三人の役人が富江に派遣されたのが三か月後の八月九日のことだった。

この間も富江領内では不穏な動きが広がり、九月四日には当時代官と称していた岩田栄太夫宅を山下や岳の集落の百姓が打ち倒すといった騒ぎが持ち上がっている。先に福江仕官を願い出た旧家臣と富江社人への批判が再発してきたのである。この辺りからまたまた富江の町中は物騒がしくなり、従前のような一揆の様相を呈してきた。この騒動の背景は、富江廃藩に伴う家中の侍同士の分裂と、その主導権争いに起因していたが、平田武兵衛を中心とした旧重臣層の権力争いでもあった。

こうした状況の中で、十月十八日には政府から家中、足軽の御救金として、合計一万四千五百両の大金が支給された。

一人扶持から三人扶持の家一軒あたり九十両、その上の知行取の侍には各々禄高によって支給された。最高額は筆頭家老であった今利与三兵衛の三百両であった。

廃藩の宣言によって帰農商願いを出していたがその身分は「卒」のままに据え置かれていたのである。士族救済金が五年間の延払いで支払われ、その後は百姓、町人の身分になることになっていたが、ここにきて一挙に支払われたため「卒」の身分も無くなり、名実ともに士族返納となった。

藩そのものも家臣も無くなったため、銑之丞以下の一部家臣は昨年の九月に拝領した北海道後志国の支配地への移住を真剣に検討してきたが、その余りの遠隔地ゆえに、しばらくは旧支配地富江での在住を東京府に願い出た。

旧采配地へ居住願書

私議、士族一般御規則の通り当地居住罷在候処、兼ねて仰せつけ置かれ候北海道後志国の支配所へ人民移り方手当てのため御暇願奉り昨二年十月帰邑仕り、早速各々手配仕り候共、数百里遠隔の場所にて万端不如意いよいよ恐縮罷り在り候。しかしながら開拓の儀については、従来より志願にて清々尽力罷り在り候ては、旧臣民共兼ねて鼓舞仕り居り一同奮発罷り在り、附いては御当地へ罷り在り候ては万端指揮も行届かず苦心仕り候間、右成功迄旧采配地に住居仰せつけられ下される様、然る上は旧臣民と力を合わせ清々開墾仕り度、何卒格別の御仁恕を以て、願いの通り御拝察下し置かれ候様、この段懇願奉り候。

以上

明治三年十月二十七日

菅沼従五位蝕下　士族五島銑之丞

この願書にある通り、銑之丞以下旧家臣、領民挙げて北海道への移住を真剣に検討し、その準備もしているが、未だその決断がつかないので、しばらくは旧支配地への居住を願い出ている。

これに対し、東京府から早速右の願書が長崎県に回され、長崎県としてもその真意を聞き出している。それによると北海道開拓の確実な見込みはなく、暫くは旧支配地にそのまま居住したい旨の願書を再び出したのである。

長崎県としては、銑之丞は旧富江領の支配主であったが、今ではその身分は東京府官属の士族であり、長崎県にそのまま留まられては民政向きの取扱いに支障をきたすので、再び中央政府にその取扱いを伺い出た。

この結果、東京府からは、五島銑之丞の願いの趣は、御採用相成難く候、早々に東京へ罷り候との達しがあった。

しかしながら、銑之丞は持病の悪化と東京での生活の見通しが立たないとの願書を再び提出したのである。そのことから、明治四年十一月十六日には、正式に長崎県への居住が認められた。

このことから明治五年一月には、銑之丞以下、平田武兵衛、長瀬惣兵衛、草野建蔵などの家僕の者共も東京府から長崎県への送籍手続きが終了し、ここに晴れて富江居住が認められたのである。

このように五島銑之丞は幕末の激動する時代の激しい変遷の中で翻弄され、内は本家との領地争い、対外的には廃藩に伴う旧家臣の処遇と心身をすり減らしながら、明治十四年に四十二歳の若さで波乱に満ちた生涯を閉じた。

ちなみに、北海道への移住も結果的にはあまりの遠隔地であることと財政的な負担から明治四年三月二十八日には正式に返上している。


先般、仰せつけられ候、北海道支配所御詮議の筋これ有り。

御引上げ相成り候条、最前の御書付返上いたすべし（後欠）

太政類典目録

一方富江表では、未だ長崎県による確たる行政権の執行もなく、さらには富江藩廃藩により旧主不在となり、明治三年十一月十五日には、これまでくすぶっていた領民の不満が爆発し、ついに暴動となって現れた。

まず、富江神社（旧武社宮）神官月川元水（日向改め）宅を引き倒し、さらには田之江の小頭宅、同隠居宅、勝次、増蔵、房太郎宅、大庄屋庄司儀七郎宅、同隠居宅、大庄屋楠本伝兵衛宅、狩立村の伝次郎、金弥、留蔵宅併せて十一軒がその日のうちに引き倒された。

このことから、富江での騒動は、ますます混迷を深め住民同士が敵対し、泥沼に陥っていったことから、「第二の富江騒動」と呼ばれる騒動に発展していった。

旧富江領民の怒りはその後も続き、毎日のように集会が開かれ無秩序状態に陥り、混沌とした状態を呈していった。

明治四年四月十七日に至って、やっと旧富江陣屋を長崎県が接収し、県の出張所としての機能を備え、新たに富江村の大庄屋に中司理右衛門と大野時右衛門の二人が任命された。

明治四年七月十四日には、廃藩置県の断行が行われ、日本国中の藩は一斉に廃され、やっと近代日本の歩みを始めた。

福江藩も廃止され福江県となったが、同年十一月には長崎県に吸収されて新たに長崎県の管轄となった。

明けて、明治五年三月には、大蔵省係官立ち合いの上、旧富江陣屋の入札が行われた。

内訳

一、荒畑　五反二畝十三歩七十五（御殿跡）

一、林地　一町六反十二畝二歩五

右入札金　六十七両一歩三十五匁四歩

一、松二百九本、

杉三十六本

ケヤキ四本
楠三本
雑木三百八十四本
反別二町一反五畝十六歩二十五　本数六百三十五本
但し、石倉、諸役所建物を除くその他の建物は、銑之丞に払い下げられた。

ここに、富江藩は名実ともに跡形もなく消滅したのである。

第二章　富江騒動その二

月川日向日記

幕末から明治維新にかけての富江騒動に関しては、富江藩、福江藩双方の公式記録文書が多数現存しているが、これらはあくまで当時の支配階級であった武士の立場から書かれたものであり、一般領民がどのようにこの騒動を捉えていたかは当然のこととはいえ余り知られていない。

そうしたなか、武社宮（後の富江神社）の神官であった月川家が代々に渡って書き残したいわゆる「月川日記」は、現存するものだけでも六代月川丹波から九代月川清水までの五十三年分（天保三年〜明治十八年）が残っており、当時の富江藩と社人の関わりや、さらには一般領民の生活実態を知ることが出来る極めて貴重な文化遺産である。

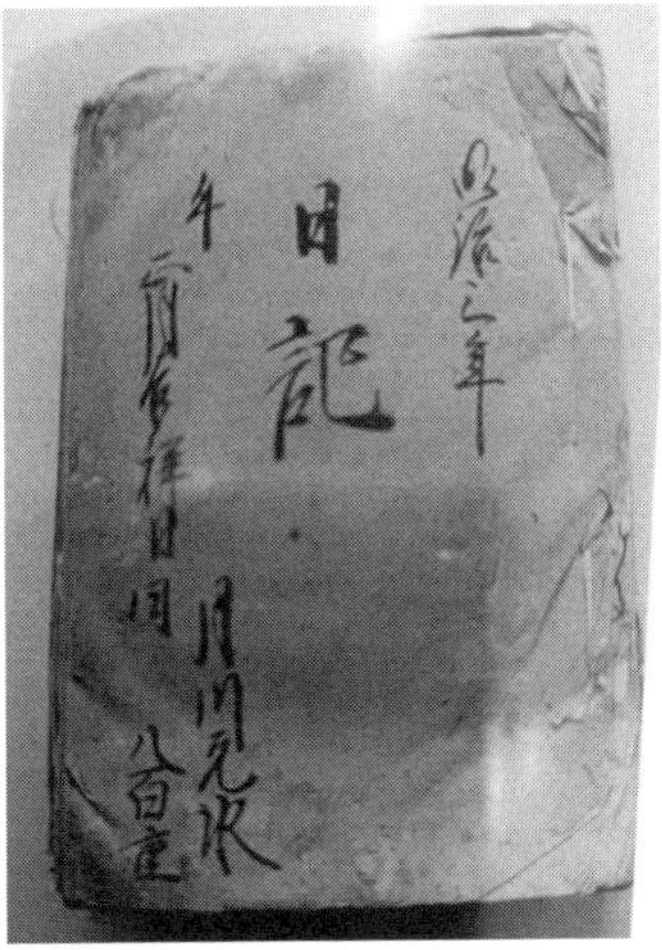

月川日向日記
明治三年の富江騒動が記されている

ここでは、その月川日記の中でも、本著

に関わりのある富江騒動に関する記述を残した第七代宮司月川日向の日記を読み解き、その騒動の実態に触れることにする。

そもそも、月川家は武社宮の神職を代々務めてきた訳であるが、その由来を辿ると源平の昔にさかのぼる古い家系である。

その先祖は、寿永四年（一一八五）三月二十四日の壇ノ浦の戦いで平家は滅亡したのであるが、難を逃れて男女群島の女島に流れ着いた者の中に高倉某という者がいた。この高倉氏は大和《おおやまと》神社（奈良県天理市新泉町星山）の御神符を持っており、命が助かったのはこの神符のお陰とこれを大切にして神として祀った。この高倉氏一族がやがて玉之浦の上の平に移り住み、時を経て富江宮下の現在の地に移住してきたのが室町時代の弘和年代（一三八〇年頃）の事といわれている。そして、この宮下の地に大和神社の御神符を女島から持ち帰り、いわば高倉家の私祭神として祀ったものが、富江藩の成立により、その庇護を受けて氏神に列せられたのである。

富江藩初代藩主である五島盛清は、寛文六年（一六六七）に大和神社の御神徳を勧奨し、正式に武社大明神と神号を改め、初代神主に高倉平左衛門を充てたのである。

初代高倉平左衛門は、その後福江五社神社の月川金右衛門の許しを得て、「高倉」の姓を「月川」に改めるとともに、平家出身の由来から代々「平」を名乗ってきたのである。

初代壱岐平貞信、二代左近平貞栄、三代右近平貞次、四代壱岐平貞成、五代大隅平貞安、六代丹波平定敬、七代日向平貞昌、八代相模平貞光、九代清水平貞俊、十代月川日向、十一代月川八栄、十二代近藤淳と継承され現在に至っている。

武社大明神は富江藩の総社として、藩の篤い庇護の下に領民からも厚い崇敬を受けてきた。

ちなみに、武者宮の境内には四つの社があった。大神宮（祭神・天照皇神）、猿田彦神社（祭神・猿田彦大明神）、保食神社（祭神・保食神）、八坂神社（祭神・須佐能男命）である。

明治三年十一月三日には、社号を武社大明神から富江神社に改めた。

富江藩領地没収

慶応四年七月二十日、武社宮神官月川日向が御屋形（当時は富江陣屋をこのように呼んでいた）から急遽呼び出され、寺社奉行宮崎弘見から次のような達しを受けた。

「この度、これまでの三千石は、本家福江の御方様渡しに相成り、御蔵米にて三千石御渡しに成され候様仰せつけられ、まず、御受成され候趣申し来たり。ついては、今日より二夜三日祈祷開白執行するように」と命じられた。

いわゆる七月三日の太政官布告による富江藩領地没収の知らせが、国許の富江に届き急遽右の通達となったのである。

この時の月川日向は驚きを以て、次のような感想を書き記した。

「誠に誠に誠に案外の事。御領内一統、闇夜に明かり無きさま。ただ、唖然として罷り在り候」と書き、その余りの悲報にただ唖然として、発する言葉も無いような有様だった。

翌日も、御屋形から呼び出しがあり出向いていくと、槍の間にて家老今利与三兵衛、今利大之進、中老松園弥太夫、用人、目付列席の中で、次のように言い渡された。「この度、殿様御儀、これまでの知行三千石は、御本家福江様へ御差し替えに相成り、蔵米にて三千石仰せつけられ候段、御受け済まされ候趣、お知らせこれ有り候に付、御知行所は、福江の御方へ御渡しなされ候間、左様心得られよ」と昨日の達しの説明を受けた。

これを聞いた日向は、「誠に恐れ入り奉り、落涙いたし候」とこの時の衝撃を伝えている。

また、この時の領民の心情を日向は次のような言葉で表した。

「御元祖民部様御分知以来、早二百二十年余に相成り候。誠に御領内一統、ただ唖然と致し、寝食を忘れ罷り在り候」とその驚きを伝えている。

京都での憤懣やり方ない憤怒の状況や嘆願に次ぐ嘆願といった行動からすると、地元富江の藩士たちの受け止め方は余りにもあっさりとしており、非常な温度差があった。これは主席家老今利与三兵衛以下の国許の重臣たちの性格にも起因するが、やはり藩主不在による事なかれ主義と勅令違反を畏れるための日和見主義の表れと言わざるを得ない。

七月二十二日になると、御蔵元から、寺社の知行や水帳、その他の知行所は残らず差し出すように命じられたので、田尾、丸子にも早速人を走らせて申し付けた。

翌日には、松園弥太夫、松園弁之助、川口三郎兵衛、藤田巌、高野江省吾の五人が急遽上京することになり緊迫した空気が町に流れた。金幣頂戴のため武者宮に参拝した五人に日向・相模・久馬の三人で金三百疋を餞別として送った。

藩存亡の危機に際して、藩の総力を挙げての復領運動を開始したのである。

七月二十六日には、福江藩家老貞方四郎兵衛以下大勢が御屋形に乗り込み、藩の水帳その他を引き渡す事態となり、富江の直接支配を開始した。

「誠に今日は如何なる悪日にて候。一統悲嘆にくれ候」と只唖然として事態の推移を見守るしかなかった。福江方の付け入るスキを与えない電光石火の早業に、富江藩役人は為すすべもなかった。

翌日にも、福江藩寺社奉行真弓弥五兵衛が来富するとの知らせがあったので、事前に富江藩寺社奉行宮崎弘見に今後どのように勤めたらよいかと伺うと、「何事も貴様心得次第」と曖昧な返事が返ってきたので、「私共は何事もお指図次第です、これまで通り富江様に御支配頂ければ有難き仕合わせです」

いずれにしても福江支配となれば、現在住んでいる屋敷や知行所も引き渡さなければならないのではと思案し、筆頭家老の今利与三兵衛に相談に伺うと「何事も先様次第」これまた曖昧な答えが返ってきた。

それから夕刻になり、真弓弥五兵衛が止宿している大坂屋に挨拶に伺ったところ、真弓から次のような命を受けた。

「この度、御一円に相成った。富江様御領地、福江様が御支配することになった。ついては、御氏神武社宮初め、先々一社、末社迄これまでの通り御尊敬になるので、左様心得て入念に務めるように。さらに、御知行その他境内ともこれ迄の通り」と仰せつけられた。また「今後は富江押役梁瀬隼太と何事も相談し、諸事取り計らって貰いたい」と福江方役人の指示を受けるように申し渡された。

福江方の反応を聞いた日向は、社人としての勤め方がこれまで通りと何ら変わらないことにひと安心している。

ちなみにこの当時、富江の浜町には大坂屋（本陣宿・古本姓）、西の宿（今村姓）、筑前屋（保田姓）、魚目屋（永田姓）の四軒の旅宿があった。

一方では、大庄屋楠本覚四郎と庄司儀七郎の両名は、この日をもって大庄屋の任を解任された。

七月二十九日になると、押役の梁瀬から再度の呼び出しがあり、長男相模を遣わすと、これまでの富江宮子共（社人）の勤め方について詳しく聞かれた。

「宮子共の勤めといっても、社役以外にこれといった仕事はありません。ただ、以前は遠見番所の御勤めをしたことがあります」と申し上げると、「今後は川口番所並びに遠見番所の勤めをするように」と申し付けられた。

しかも、これまでの一人扶持から二人扶持へと待遇も引き上げられ、従来の一本差しから毎日大小（二本差し）にて勤めるようにと士分の待遇を受けたのである。

筆まめな日向は、当時の遠見番所（岳番所）勤めについても記述している。勤務の日は朝から二人組で代官所に罷り出て、番所山の山頂から終日通船の見張りを行うとともに、島廻りと称する海岸見回りの仕事もあった。勤め方については、毎日大小にて勤め、決して昔のように一本差しで勤めてはならないと言渡された。この異例とも思える社人優遇の意図が何処にあるかは分からないが、恐らく明治新政府の神道崇拝の方針を受けて、社人身分の者は特別の扱いとしたことと、一方では富江支配をスムーズに行うための協力者として領民の人心の分断を図る意図も含まれていたと思われる。

神仏分離令の布告

明治新政府の宗教対策の基本方針は、古来から伝わる神道の道に立ち返ることであった。王政復古、祭政一致の国造りを掲げ、純然たる神道国家を目指したのである。このことを受けて、慶応四年三月十二日には太政官布告を以て神仏混淆を禁止する布告を出した。

この布告の意図するところは、神仏混淆のこれまでの慣習を禁止し、「神道と仏教」「神と仏」「神社と寺院」の区別を明らかにせよということであった。

新政府は神と仏を切り分けよという法令の下、神社に祀られていた仏像・仏具などを排斥し、神社に従事していた僧侶に還俗を迫り、葬式の神葬祭への切り替えなどを命じた。それまでの神社は寺院の下に置かれ、寺院の別当が置かれて、神主はその支配を受けていたことから長く神仏混淆の時代が続いた。

しかし、新政府が打ち出した法令はあくまで神と仏の分離で、寺院や仏像の破壊ではなかったのであるが、多くの藩では新政府の意図を忖度し、この後激しい仏教施設や仏像の破壊が続いている。

特に、明治維新の主役であった薩摩藩では徹底した寺院や仏像の破却が行われた。藩内の寺院千六十六か寺の全てが廃寺となり、約三千人の僧侶が還俗させられ、徹底した仏教弾圧が行われた。藩主の菩提寺「福昌寺」ですら破壊され、現在でも本堂は再建されていない。

この神仏分離令が五島藩で実施されたのは、慶応四年七月二十一日のことであった。このことを受けて、慶応四年八月三日には、富江押役梁瀬隼太から宮子一統並びに寺院の僧侶に対して、次の達しが行われた。

「御維新につき、武社宮別当妙泉寺は廃寺とし、その他の別当職も解職する。以後は、唯一神道を旨とすべし。また、仏体、社残らず妙泉寺に移し、武社宮初め、魚目、宇久島迄残らず遷座すること」とし、併せて「今後は宮子一統残らず、神道祭で行うこと」と申し渡された。

ここに、富江における神仏分離の布告が宣されたのであるが、富江藩にとって不幸だったのは、同時期に領地没収に伴う復領運動と神仏分離による領民の人心の分断が一挙に進んだことであった。

この時の宮司月川日向の感想が何とも生々しく残っている。

「誠に誠に有り難きことにて、ただ今暫く、社家たる者の時に至り候儀と有難く存じ候」とこの日の感激を書き記している。

月川日向にしてみれば、長い間寺院の下に置かれ、その差配を受けていたものが、御維新で神道が国家の唯一の宗教となったことから、神職がこれまで以上に評価される時代の到来が来たことへの喜びは筆舌に尽くせないものがあった。

一方では、このあたりから富江社人に対しての誹謗や中傷も増えてきたのである。

「我らこの度、福江の指図を蒙り、世情何かと誹謗する者がいる。しかしながら、何事も我らからお願いしたことはなく、また不調法も行った覚えはなく残念である」

このような社人たちに向けられた非難や中傷は、社人たちが福江方に一方的に肩入れしていると領民は見ていたのである。藩が領地を失い困難に直面している最中に御維新の時流に乗り、うまく立ち回っているように見えたのである。こうした非難は、妬みにも似た複雑な感情となって一気に社人たちに向けられた。

こうした最中の八月十四日には、武社宮・八幡宮・山王宮・牧大明神いずれも御神体は仏体であることから、妙泉寺まで神輿に乗せて転座作業が執り行われた。

この日の夜には、宝殿から初代盛清が大和神社から勧奨したご本尊の毘沙門天像を妙泉寺に移す神仏分離の作業が行われた。

田尾、黒島、太田、丸子、黒瀬そのほかの村々にある小さな社やお堂まで転座作業が行われた。

村々での神仏取分けの作業の中で、岳村での面白い話を日向は書いている。それは、富江藩草創の頃に宇久島から岳村に最初に移り住んだ五郎右衛門という人が、岳村を気に入りここに移住すると決めて再び宇久島に帰る船中で小さな小石を見つけた。その石を要らないものと海中に投げ入れたところ、すぐに海中から飛び出し船の中に転がった。再び投げ入れたところ、やはり同じように飛んできて船の中に戻ってきた。五郎右衛門は不思議なこともあるものだと思い、よくよくその小石を見てみれば石ではなく、天満宮像の仏体だった。五郎右衛門はこれを大切にして、自身の柴小屋で祀っていた。その後社を建てて岳村氏神、天神様と崇めてきたという。

神仏分離により妙泉寺に移された御神体の毘沙門天像

神と仏を分離するような事態は、これまで何の疑いも持たずひたすらわが村の氏神様と崇拝してきた領民にとっては、想像を超えた不可解な出来事だった。

結果的に、一般領民は、武社宮から仏が無くなったことから、ただの社として虚宮と見做したのである。そのことから、虚宮に仕える社人たちに向けられる目が一段と厳しいものになったのである。瞬く間に祈祷や参拝する者もいなくなり、北馬場での神事である競馬も中止せざるを得ない事態となった。

飛行機や自動車といった交通手段や情報を発信するマスメディアのなかった時代の庶民の生活は驚くほど神がかりだった。人々は農作物の豊凶や旱魃による雨乞い、さらには漁師の大漁祈願から個人の病気平癒と何事であれ神々にすがったのである。江戸や大坂といった都市部と異なり、これといった医療機関が無かった地方では、いったん病気になると神社や寺院に頼る以外に手段はなかったのである。

そこには、迷信や非科学的な俗信に頼らざるを得なかった貧しい庶民の生活があった。月川日向が毎日のように記した日記を見ても、五島の各地の村々から風雨、寒暑、徹夜も問わず武社宮を訪ね、神殿に額ずき神主の日向の祈祷を受けている。現代人から見れば、祈祷という非科学的な俗信であるが、当時の庶民にとっては唯一の救いの場であった。

九月十一日の朝方には、京都からの先発組貞方沢太・坂口傳右衛門・宮原丈太夫の三人と数人の足軽などが富江に帰ってきたことから、近いうちに京都から吉報がもたらされるだろうとの噂があっという間に広がった。しかし、この度の帰国の船中で、足軽平作の弟、同じく友吉の息子、足軽新吉、小島の者一人、黒瀬の者二人、魚目の者一人併せて七人の者が短期間の間に船中で次々と病死している。現代であれば飛行機で半日もあれば行けるところであるが、当時は狭い船中で瀬戸内海をひたすら西に向けて航行し、下関からは玄界灘の荒海を超えての旅であった。それにしても二十日ほどの航海で七人もの若者が死亡する当時の船旅は現代人の想像を超えた過酷さだったのである。

殿様の入部

明治元年九月二十一日（九月八日に元号が慶応から明治に改元される）には、京都から先発隊として玉浦類右衛門、平田亮平等の有力藩士が富江に帰参し、先の復領嘆願書が却下されたことが伝えられた。

福江方支配が行われている最中に、僅かな希望を抱いていた村々は、余りの悲報に再び領内が沸騰した。

富江掛の百姓は残らず横ヶ倉村の溜池の土手に集まり、福江方への不満を爆発させたのである。富江表に不穏な空気が充ちている最中の十月十八日には、藩主銑之丞が初めてのお国入りを果たしたのである。

社人共は、殿様御在着に付き、恒例の磯神楽をしめやかに執り行った。

殿様の江戸参勤の時は、行きは御座船が和島の陰に隠れて見えなくなるまで、帰りは御座船が見え始めると北浜の浜鳥居下には大勢の領民が集まり、鳥居前の船着き場の広場には演台が組まれ、太鼓や笛の音と共に社人による磯神楽がしめやかに舞われた。今回はこれまでの慣例であった本家福江への挨拶も抜きに直接富江に入る異例のお国入りだった。

翌日には、献上品として、鰤二匹を御屋形に届けた。殿様が入部すると村々はその役職によって献上品が定められていた。社人の献上品は干鯛十尾と定められていたが、この日は入手困難で先の鰤二匹の献上となった。

本来ならば、殿様の初めてのお国入りで町中が喜びに溢れ大騒ぎとなるはずが、富江表は不気味な静けさを保っていた。

しかし、殿様の入部から三日目の十月二十一日になると、あちこちから領民が北浜に集い始め、一揆の様相を呈してきた。その日の夕刻には、社人の一人である安五郎が福江から出張の代官貞方半蔵に内通したとの疑いから、同人宅を一気に引き倒す騒ぎへと発展した。村々の辻にはかがり火が焚かれ、竹槍や斧で武装した百姓が一団となって各村を触れ回る大騒ぎになった。

福江方の指示・命令は何の意味も果たさなくなり、出向いてきていた役人衆もわが身の危険を察知して早々に福江に引き上げた。

武社宮の神官宅にも、代官貞方半蔵から、急に福江に急用が出来たので引き返すとの手紙が届き、今後は何かあれば福江表に連絡するようにとの内容だった。一揆衆は手拭いを頬被りして、顔中にかまどの煤《すす》を塗りたくり近寄らなければ誰が誰なのか分からなかった。数百人からの一揆衆は鳥居前の北浜に集まり、いたるところで木が燃やされ昼間のような明るさだった。夜が明けても騒ぎは収まらなかった。

「この節、福江方に協力した社人共の家は残らず引き倒す」と大声で触れ回り、今にも引き倒されそうになったので、日向、相模、織江、宇太夫の四人が出向いて「家の引き倒しは何卒勘弁して欲しい」と願い出るが許されなかったので、やむを得ず社人共自らの手で月川弥門並びにその倅梅弥宅を引き倒したのである。

この時の一揆衆のいでたちは、全員が竹槍で武装し、社人茂太夫の裏山の竹林は一本も残さずに切り倒され、そのことで少しでも文句を言うと「うち殺すぞ」と威嚇された。「言語同断の仕儀で申したきことは山々なれど、多勢に無勢で如何ともしがたし」とこの時の苦しい胸の内を述べている。

その夜の明け方も、寝ていたところ「宮下起きよ（武社宮の有る地域）」と大声でまくし立てられ、起きてみると北浜あたりで大騒ぎになっていた。

「何事があったのか」と聞けば、福江から斬人が攻め込んでくるとのことで、町中の人残らず北浜に呼び集めて大層な人盛りであった。

いたるところに高張提灯を巡らし、一人一人は竹槍で武装した物々しさで、社人には太鼓と鉦の連打を命じた。

「ドン〜」・「ドン〜」・「ドド〜ン」・「カ〜ン」・「カ〜ン」・「カカ〜ン」

お宮の宝殿からは、社人の打ち鳴らすけたたましい太鼓や鉦の音が夜明け前の町中に轟いた。

大騒動の原因は、北浜の紺屋伊右衛門が福江に引き上げるのに、夜間提灯も点けずに家財の詰め込みをしているところを見咎められたことにあった。

極度の緊張感と興奮から、些細なことから緊張が走り、町内はパニック状態に陥っていた。

明けて二十四日には、富江方が福江に攻め込むとの情報が上五島に伝えられ、急遽有川の郷士多数が福江に集結したとの報告が魚目社人文次郎からもたらされより一層の緊張感が高まった。

また、中須村には百姓衆が五百人集まり、二本楠あたりにも大勢の足軽や百姓が集まっているとの知らせが入った。

一方、この騒動と並行して上五島の居着きキリシタン信仰も発覚し、五島列島全域が大騒動に巻き込まれていったのである。

虚宮

十月十八日の殿様入部からというもの、連日連夜富江表の村々では百姓衆が多数一同に寄り合い、その活動はますます過激の度を深めていった。

さらに、その活動は領内だけに留まらず大挙して京都嘆願の挙に出たのである。十月二十七日には、町人、職人、百姓、小島、黒瀬、上浦の者合わせて五十人ばかりの大集団が庄司臺右衛門・庄司精右衛門の二人に率いられて富江の港から遥か彼方の京都目指して復領嘆願に出立したのである。いずれにしても、海路と陸路を合わせると片道千キロメートル余に及ぶ旅路を、ある者は鍋や味噌を背負い、またある者は食料の米や芋を背負っての長旅であった。まして、京都に頼るべき人すらない中での復領嘆願の旅は愁訴に近いものがあった。

宮下の社人にも食料と旅費の割り当てがあり、白米二俵と旅費の一部として金二百疋を差し出した。

こうした領民の必至な思いは、家中の侍衆にも伝わり、百姓衆の船出と時を同じくして、長崎裁判所の尋問要請に従い松園弥太夫、草野健蔵、中司理右衛門の三人を使者として送るとともに、その同伴者として家老の平田武兵衛と今利大之進の二人も旅立った。

さらに、有力諸藩の協力要請のために長州藩へは平田亮平、川瀬雄右衛門の二人を、佐賀藩へは松園弥太夫、草野健蔵の二人をそれぞれ派遣した。京都には、長瀬惣兵衛、高野江省吾、大久保大輔、坂口七郎、泊官太夫、平田官太兵衛、桑原貞四郎を派遣したのである。

まさに士民挙げての富江復領嘆願活動となった。

富江表の非常なまでの大混乱の中、十一月十一日の武社宮御祭礼の日を迎えたのである。月川日向を始めとした社人一統は、年に一回の例大祭のため、朝から掃除万端に整え、さらに幟や飾りつけして準備していたが、朝から誰一人として参拝に現れる者はなかった。

例年通りなら、本殿で厳かに神楽が舞われ、神輿の町内巡行も行われるはずであったが、家中からの初穂や灯籠などの寄進もなく、また、町方、職人、小島、黒瀬その他の村々から誰一人参拝する者はなかった。

富江で騒動が持ち上がったこの二か月間の賽銭を勘定してみたら、四十七匁五分二厘であまりの少なさに落涙したのである。また、五島全域から多くの人が訪れ賑わっていた祈祷もこれまた一人もなく唖然とする。いったん、病気になったり体調を崩したりすると、これといった医療施設もない時代であり、人々はひたすら氏神である武社宮にお参りし、神主の祈祷にすがったのである。

武社宮の月川日向の祈祷は、効能あらたかとの評判が高く、富江領内に限らず、遠く福江藩の村々からも年間を通じて人々が押し寄せている。病気の祈祷料は一般庶民で銀三匁前後（五千円前後）で、その費用が無い者は山芋や野菜などの現物を携えてその祈祷料の代わりとしている。重病の者は迎えの馬を手配して、自宅で祈祷してもらう者もいた。そのため、五島の主な神社の神主の収入は多く、上級武士並みの生活水準だった。

日向の日記を見てみると、病気で多いのは眼病と皮膚病で、不衛生や栄養失調から来る病気が多かった。特に目を患う人は驚くほど多かった。ほとんどが栄養不足からくるトラホームであった。

こうした事態をもたらしたのは、ひとえにこの八月十四日に執り行われた神仏分離による影響と領民の社人に対する反発からだった。

富江社人は先の合藩により、福江方に肩入れしていると見做され、また、氏神の武社宮からご本尊の毘沙門天の仏体が無くなったことにより、武社宮はもはや仏様が鎮座しない虚宮とされたのである。

一般の領民は神仏混交による氏神を何の不自然さもなく崇拝してきたのである。それが突然に武社宮からご神体が無くなったことは、領民にとっては理解の限度を超える不可解な出来事だった。

連日の混乱の中、日向の母寿満が七十八歳で病死した。月川家にとって初めての神道式での葬式になったので、墓所の瑞雲寺と細かい打ち合わせが行われた。村々でもどのような葬式になるのかが興味本位で、結果的に多くの人が初めての神道式での葬式を遠くから見送ったのである。

一方、十一月十四日には、魚目村の乙名新兵衛宅が丸ごと引き倒され、さらには徳之丞、多次兵衛、八郎右衛門宅の門柱が引き倒され、富江表の騒動は上浦まで波及していった。

領内のあちこちで小規模なトラブルは頻発していたが、誰一人として有効な解決策を持ち合わせている者はなかった。

十一月の末になると、宮下（武社宮のある地域）中一軒も残らず引き倒すとの風説がまことしやかに流される事態となった。

村々から集まった百姓衆は各々の仕事も忘れて、毎日のように北浜に集結し、

「この秋の納石は決して福江方には納めないぞ」

「富江二百年の恩を忘れるな」

と気勢を挙げた。

十一月二十八日になると、長崎府の参謀井上聞多が二名の部下を引き連れて火車船（蒸

気船）で福江港に入った。すぐに陸路を大浜村に向かい、大浜村から小舟で富江に入り、そのまま宿舎の大蓮寺に入った。

翌日には、早速御殿に入られた。しかも大手門より堂々と入られたため、富江の領民は今まで見たことがない事態に驚いたのである。よくよく聞くと井上氏は五位に昇られているとのこと。と有名な井上来富を簡単に伝えている。

この時も大勢の領民が大蓮寺を取り囲んだが、「この件は長崎府にて審議している」との付き添い役人からの説明で退散させられた。

十二月一日には、またも横ケ倉の土手に村々の組頭以上の幹部連中が集まり、この秋の納石は福江方には絶対に納めないことを確認したのであった。集会のあと、藩主銑之丞から陣屋の御庭に呼ばれ、殿様直答にて「とりあえず、納石は福江に納めて欲しい。一同何事も頼む」の言葉があり、百姓衆は大いに畏れ入り、ここに富江一揆はひとまず沈静化の方向に向かったのである。

殿様謹慎

明けて明治二年の正月を迎えても、武社宮を参拝する者は誰一人いなかった。神社の先行きに不安を抱きながらも、日向は例年のように自ら和歌を読み新年の祝詞をあげた。

武社宮の奉納歳旦
立初を春の日影に八千矛の
神の御鉾の阿南光らむ

正月の三が日が明けても、お宮に誰一人参拝する者はなかった。領民の武社宮に対する不信感は根強く、前々から信心深い者も、お宮の下を通行するときに手拭いを頬被りしながら通行する有様で、誠に不敬で見るに忍びなく言語同断の仕儀と非難し、何事も見ぬふり、知らぬふりと記して見過ごすしかなかった。

これまで、富江藩の総社として篤い庇護を受け、領民の尊敬を一心に集めてきた武社宮が虚宮になったとたん、誰一人として顧みる者もなく、知らぬ存ぜずで手拭いを頬被りしながら通行する事態になった。

一方、神仏分離によりご神体の毘沙門天像が遷座された妙泉寺には、民衆が連日押しかける賑わいとなった。

一月五日に日向が年始の挨拶のため福江の赴いたところ、八幡神社の平田大膳から神職の城中での席次についての申し渡しを受けた。

その序列は、天神・五社・白鳥・住吉・武社・岩立神社の順であった。

ちなみに城中の席次は、家中の身分と同じく、その格式・由緒などにより厳格に序列が決まっており、右の大社は「桜の間」、大円寺（藩主一族の菩提寺）は「鶴の間」で各々寺社奉行に伺候して、新年の挨拶を行った。

しかも、寺社奉行に独礼が許されるのは八幡神社（天神）の神主のみで、五社神社以下の神主は銘々お札を折に載せて、平伏して挨拶しなければならなかった。

寺院の序列も同様で、大円寺・宗念寺・神宮寺・妙泉寺・集月寺・観音寺・瑞雲寺その他寺院で「鶴の間」に伺候して寺社奉行に年賀の挨拶を行った。

一月六日は、いよいよ藩主銑之丞の武社宮への参拝の日である。日向を筆頭に社人たちは朝早くから盛清宮の清掃の他、盛砂までして準備万端整えて殿様の参拝に備えなければならなかった。程なく、殿さまが籠に乗って鳥居下まで来ると、日向は鳥居脇で平伏して迎えた。鳥居下から日向が先導して、殿様を神殿の縁側に迎え入れた。日向は御長熨斗《おながのし》に着替え、煙草盆、火鉢、お茶を差し上げたのち参拝の手筈となった。参拝が終わると太鼓を打ち鳴らした。この時の銑之丞の服装は、紺の狩衣に烏帽子を被った成りで日向の感想は「恐れながら、御立派な殿様にて御座候」と初めて見る殿様の印象を述べている。

武社宮への参拝が終わると、次に瑞雲寺、妙泉寺への御参詣となっていた。

翌日の朝、四か村（宮下、丸子、田尾、黒島）の社人が日向宅に集まり雑煮が振舞われた後、御屋形に揃って新年のご挨拶に向かった。日向、相模の親子は玄関から入り、白張は御用人玄関、その他の平社人は中小姓玄関から御屋形に入る定めになっていた。お次の間にて寺社奉行宮崎弘見に新年の挨拶を済ませると、御槍の間で日向親子にはお祝いのお酒が振舞われ、そのほかの社人は御広間と大廊下でやはりお神酒が振舞われた。

一月八日になると、昨年の秋に京都嘆願のために上京していた百姓衆が大挙して帰郷した。庄司臺右衛門が一同を引き連れて参拝したため神殿は久しぶりの賑わいとなった。

「京都での復領嘆願は都合よく、近いうちに吉報がもたらされるだろう」と町中を触れ回った。

一月二十三日、同じく京都嘆願のため上京していた今利大之進、平田官太兵衛の両名が帰郷し、京都での嘆願が都合よく進んでいるとの噂が広がった。また、東国、北国などの奥羽列藩の鎮圧も定まって、会津藩も降参して三十五万石のところが、ただの五万石に減らされたことが伝えられた。

このように明治二年は年明けから比較的平穏な状態が続き、昨秋のような過激な一揆騒擾はひとまず沈静化していたが、相変わらず武社宮に参拝する一般領民の姿は誰一人としてなく、社人に向けられた根強い不信感があった。

一方、妙泉寺には大勢の参詣人で溢れ、武社宮の下の道を通っても、拝礼もせずつかつかと通り過ぎていく不敬が見られた。

（明治二年一月三十日から四月二日まで日記の虫食いのため記載内容不明）

四月二十六日になると、昨年秋の騒動で全員福江に引き上げていた役人衆が、再び富江に着任したため、川口番所近くの旅宿筑前屋に止宿していた民事奉行木村壮四郎を訪ねた。それによるとこれからは木村が当地の責任者になったので、何事も相談するように仰せつかった。また、これまでの寺社奉行の呼称を社寺奉行に改めたとのことと、領内でキリシタン衆が露見したので、取り締まり方をこれまた仰せつかった。

五月二十七日、「殿様参勤のため近く船出するので左様心得よ」と社寺奉行の宮崎弘見から申し渡される。上京の目的は、聖駕東遷（東京遷都）のためと、政治の中心が京都から東京に移ったため、要路への陳情を兼ねて家臣平田武兵衛、草野建蔵等を引き連れて行くとのことであった。

その日の夜には、何者かが山中・大家・本町の三軒の玄関先に地蔵を据え置き、その地蔵の口に牛の糞を食わせ、本町宅には顔にもべったりと塗りたくっているという奇妙な事件が発生した。

ちなみに山中とは、筆頭家老今利与三兵衛宅（現在の五島市役所富江支所）であり、当時は山の中のように鬱蒼とした大木が茂っていたため、このように呼ばれていた。また大家とは、中老松園弥太夫宅のことで大手門の近くに大きな屋敷があった。さらに本町とは、陣屋の西側にあった代々用人格であった長瀬惣兵衛宅のことである。

この事件の犯人は、用人平田亮平の弟六郎の仕業とされている。山中、大家、本町の三者とも福江方への恭順派の重鎮であり、同じ家中といえども恭順派と強硬派との対立は根深いものがあった。

六月八日には兼ねて予定していた殿様が上京のため富江から船出した。この頃になると東京との行き来も汽船の利用になり、格段に交通の便が良くなっている。この急ぎの上京には、富江復領について何らかの確信があっての上京と思われる。何故なら、翌月の七月には富江一千石の復領の沙汰が下されたからである。しかし、その前にこの度の騒動の廉で福江県知事五島盛徳には差し控え、旧富江藩主五島銑之丞には謹慎の処分が下されたのである。

福江藩知事

その元儀、先般末家五島銑之丞知行所、郷村帳受け取るべく旨仰せ出され候については、藩士共へ申し付け清々鎮撫を加え取り計らうべきところ、ついに民心沸騰に至り候段全く示し方不行き届きに付を、きっと仰せつけられるべき儀に候へども、格別の訳を以て、差し控え仰せつけられ候事。

七月十四日　　　　　　　　　　　　　　　　　　　　　　太政官

五嶋銑之丞

その方、元知行所郷村、先般本家福江藩知事へ引き渡す旨仰せ出され候については村役人、その他小民に至るまで心得違いなきよう申し諭し取り計らうべきところ、ついに民心沸騰に至り、全く示し方不行き届きに付を、きっと仰せつけられるべき儀に候へ度も既に引き渡し相済み候儀に付、格別の訳を以て謹慎仰せつけられ候事。

七月十四日　　　　　　　　　　　　　　　　　　　　　　太政官

覚

一、遊興

一、賭鳴り物

一、 普請方
一、 文武
一、 帯刀以上の者、月代を剃らざる様
一、 御家中格の者閉戸、片扉閉め置く事
右の通り、御指図まで停止仰せ出され候条、厳重に相慎むべき事。
八月　役所

殿様の謹慎処分という前例のない処分を受けて、富江表は打ち沈み、その前途に悲観したのである。

一千石の復領

殿様をはじめ家中一同謹慎となり、富江の町は何とも言えない重苦しい空気に包まれた。富江二百年の藩政の中で、初めてのことで先行きの不安に静まり返った。

しかし、この謹慎処分はすぐに解けたのである。

八月になると、殿様御儀、この度富江一千石拝領との風説がまことしやかに出回ったのである。

八月十一日になると、日向は社寺奉行宮崎弘見から御屋形に呼び出され、「殿様御儀蔵米三千石のところ、富江表に知行千石御渡しとなりお受けした」と正式に通知された。

八月十六日にも、再びの呼び出しあり、御屋形「槍の間」にて家老今利与三兵衛から「今般、殿様蔵前三千石のところ、富江表一千石高御差し加え、残りの二千石は御蔵米にて御渡し相成り候、左様心得よ」と通達されたのである。

これまでの郷土誌並びに関係文書では、富江千石のみの復領と記述されているが、正確には、富江表一千石の地方知行と蔵米二千石の拝領であった。

この時、殿様銑之丞は東京に上京していたが、この悲願の復領の報に接し、十月十三日には急ぎ帰郷したのである。

吉報は重なり、翌日の十月十四日には北海道の松前に知行地を拝領する沙汰書が下り、富江表は度重なる吉報に町中が喜びに溢れた。

領民は、富江一千石は実禄六千石分あり、さらに蝦夷地の拝領地を合わせると彼是一万石以上となって、殿様は大名になったと噂されたのである。

この富江一千石復領の沙汰により、早速、没収されていた水帳の受け取りに福江に人を派遣したのである。このため富江の元締め役として来ていた松尾勝右衛門は十月十六日を以て福江に引き上げることになった。

こうした中で、十一月四日の武社宮御祭礼の日を迎えたので御幕、御高張提灯その他の準備を整えたにも関わらず、町方からの参拝は今年も誰一人としてなかった。翌日も乙名の古本藤右衛門に声かけ参拝するように頼んだが、病気とのことで断られた。福江から出張中の民事奉行杉紀一郎が大庄屋楠本伝兵衛・庄司儀七郎と足軽四名を引き連れて参拝したところ、大神宮前より石を投げつけられ、そのほか様々な罵詈雑言を遠くから浴びせられた。

この頃はまだ福江支配が形式的に続いていたままだった。十一月二十四日の夜には、福江方民事奉行杉紀一郎の宿舎に富江方足軽山田又右衛門が酩酊の状態で単身乗り込み抜刀に及んだ。しかし、福江足軽から鉄砲を撃ちかけられそのまま逃走したが、翌日の朝には富江役人から捉えられ、詰腹を命じられ自害している。これは富江騒動の過程で初めての武士身分の者の犠牲者であった。

十一月二十五日になると、これまでの民事奉行杉紀一郎に代わって新たに松尾勝右衛門が赴任してきたので、早速、日向・相模の親子でお祝いに駆け付けた。

十一月二十六日には、上下五島の神職の者共はこれまで国名や官名を名乗ることが許されてきたが、弁事役所から以後これらの国名や官名を名乗ることは禁止するとの通達が出たので改名するようにと八幡神社の平田正人からの通知があったので、早速次のように改名した。

日向こと　　月川元水
相模こと　　月川八百重

翌日には福江八幡神社の平田正人から、福江県の主だった役職の紹介があった。それによると従来の役職は全て廃官になったとのお知らせであった。

藩知事　　五嶋盛徳
大参事　　白浜久太夫
権大参事　貞方織衛・儀野作右衛門・澤渡双吉
小参事　　木村杢兵衛・富永復太郎
権小参事　内野惣兵衛・太田水之助
辯事　　　山口喜三八・本間寛之進・佐々木弥太郎・大坪育平
　　　　　平田丈右衛門・藤原弥吉

しかしながら、富江一千石の復領が認められた喜びも束の間、僅か四か月で喜びは落胆に変わった。十二月二日には太政官から「中太夫」の称号を廃止する布告が出されたのである。それらの身分の者はすべて士族に組み込まれることになった。

これにより、殿様銑之丞は地方官（東京府）直属の禄高百二十石の一介の士族となった。これでは、家臣二百名余を養っていくことはできないので、事実上の廃藩に追い込まれたのである。

明治二年も暮れようとする十二月九日には、かねて知行地として拝領した蝦夷地の土地調査見分のため、平田武兵衛、長瀬省一郎、松園林右衛門、貞方半次郎その他従者数名の者が、遥か彼方の蝦夷地に向けて寒空の中を富江の川口番所から船出した。

富江主従は、本家とのこれまでの抜き差しならぬ確執と事実上の廃藩に追い込まれたことから、本気で新天地北海道への移住を考えていたのである。

一門の繁栄

旧富江藩領内の混迷と混乱の中で明治三年の正月を迎えた。

神官である日向は早朝から身を清めて、武社宮に新年の祝詞を捧げた。

奉納歳旦
ほのぼのと豊栄登る日
高見の国にたなびく霞かな

一方の家中では、正月早々に再び暗い雰囲気に包まれた。年末の太政官布告によって、殿様のこれまでの位階であった中太夫の称号が廃止され、銑之丞の身分は百二十石を支給される一介の士族になってしまったのである。

これでは家臣二百名余に及ぶ扶持を賄うことができなくなった。やむなく正月明けの五日には、陣屋大書院に家臣一同を集めて、富江藩廃藩の宣言を行ったのである。

家臣一同は身分が、殿様と同列の士族となることを恐れ多いこととして、藩士全員が帰農商願いを出したのである。

「殿様においては、（朝廷の）御定高（百二十石）にて御請けなさるべく候。福江にご相談遊ばされ候思い召しはこれ無く、依っては、一同へも以後不本意ながら、御扶

持等は下されず候」（後述略）

この聞くに堪えない悲痛な宣言によって、富江藩二百十四年の藩政に終止符が打たれたのである。

このあたりの事情は、日向日記には全く触れられていない。ただ、正月四日に神事方大久保郡右衛門から、明日五日の恒例の社人年頭御礼の儀は、急なご用向きが出来たので引き延ばして貰いたいとの手紙があり、藩内に重大事が生じたことを匂わせている。

廃藩という大事が専ら家中の武士たちの専権事項であり、一般領民は蚊帳の外で一切知らされていなかった。

一月十一日、富江藩吸収に大きな役割を果たした薩摩藩士の本田杢兵衛が富江藩の廃藩宣言によっていったん薩摩に帰国することになった。それにしても明治三年のこの時期まで薩摩藩は福江方への支援と富江方の抑えとしての人材を送り込んでいたのである。

一月十七日、富江藩に暗いムードが漂う中で、月川一族にはまたしても吉報が舞い込んできた。日向（元水）、相模（八百重）の親子が福江の弁事役所から呼び出されて登城すると、権小参事太田水之助（後の定龍）から次のような思いもかけぬ達しがあった。

その方共儀、一昨冬富江村士民共一揆を企て動揺致し候砌、御趣旨を相弁え加担致さず、奇特の事に候。
これによって御褒賞として富江一ヶ島社職触頭親子共に、その身一代士族に仰せつけられ候。

ここに月川親子は、正式に福江藩士に取り立てられたのである。さらには、社人弥門、同倅梅弥にも各々永世麦二俵が与えられ、社職以外の役職として川口番所さらには山掛等の仕事も与えられた。
福江県の白浜大参事以下への挨拶を終えると、大浜村から小舟で夜の十時過ぎに自宅に帰った。翌日は早速、民事奉行松尾勝右衛門を訪ね昨日福江表での内容を伝え、そのお墨付きを頂戴した旨の報告を行った。松尾からは次の祝詞を貰って祝された。

月川親子の昇進を祝して
こころだに清き流れの元水こそ
神も八百重に昇る月川
福江表の御用召しは十六日なれば

藪入りや尾振って、帰る武士二人

正月早々の富江藩廃藩宣言により、富江家中から士族に列する者はいなくなったが、皮肉にも最も領民の怨嗟の的であった月川家が親子共々福江藩から士族に列せられたのである。

このあたりの措置は、福江藩の富江方に対する悪意に満ちた意趣返しとも感じられる。

二月二日には、薩摩に出向いていた平田亮平と内野草庵の二人が富江に帰ってきた。平田亮平の薩摩訪問がどのような目的であったかは日向の日記からは不明である。その平田の報告によると、薩摩藩ではこの度の神仏取分けで、藩内に仏像ひとつ残らず焼却し、千に及ぶ寺院も残らず廃寺し、僧侶は全て還俗させられたという。薩摩藩内の仏教弾圧は、路傍に佇む地蔵の首すら残らず落とすという徹底ぶりであった。薩摩に限らず全国で神仏取分けに伴う混乱が吹き荒れているとの報告がもたらされた。五島の狭い地域でも徹底しており、この時期多くの寺院が廃寺に追い込まれている。

富江でも瑞雲寺の弁天宮は仏体とされ、鳥居の撤去を命じられ、田尾村の高照寺の荒神宮さえ仏体とされ、廃寺になった。

それにしても僅かに三千石という最小単位の藩でありながら、東京、京都、長州、佐賀、薩摩などに藩士を派遣した情熱と情報収集に伴う財政力には驚かされる。

しかし、藩から扶持が得られなくなった旧富江藩家中の者共はすぐに生活に窮乏するようになった。もはや、富江藩の再興は望みなく、まして五島列島という離島の中にあって、これといった産業もなく、知行地を持たない蔵米取りの下級藩士はたちまち暮らし向きの目途が立たなくなった。

そんなことから、二月五日になると、旧富江藩士の中から、福江藩知事支配を希望する者が五十人にも達し、その内の半分の者が福江藩に呼ばれ、いずれ士族として召し抱えるとの内諾を得たのである。

家中の者が旧主を捨てて、あれだけ憎んでいた福江藩に臆面もなく仕官する動きには、さすがに富江表でも批判の声が上がり、次第にその利害により藩士同士が反目するようになっていった。

そうしたなか、殿様に随行して東京に行っていた平田武兵衛・大野時右衛門・松園倫右衛門の三人が富江に帰ってきた。またしても殿様に近く吉報がもたらされると噂が駆け巡ったのである。武兵衛は近々吉報がもたらされるとのことで、大河内重内宅に何人もの家臣を集めて大宴会を行った。

一方の社人方への福江県からの褒章はさらに続き、黒島社人丈四郎親子が富江大庄屋見習いと田尾村庄屋兼務を命じられ、倅は黒島庄屋を拝命した。そのほかにも、丈四郎には富江表に地方知行一石、田尾村に一石併せて二石の加増まで行った。

褒章はさらに続いて、三月十九日には日向の孫清水が一代士族の申し渡しを受けた。

月川清水

文武心がけ宜しく一段のことに候。

よって、その身一代士族の取扱い申し付け候事

知行所

富江村全体が、廃藩によって打ちひしがれている中で、唯一月川家と社人のみが福江藩から厚遇を受けたのである。これはどう見てもその背景に露骨な政治的な意図があったと言わざるを得ない。

ちなみにこの時の日向（元水）の感想は率直にその喜びを次のように書き記している。「誠に以て有難き仕合わせ。一統落涙し、御顔を拝し奉り候」と度重なる民事奉行松尾勝右衛門の配慮に感謝している。

この後も月川一族には吉祥がもたらされた。八月には分家筋の月川弥門が、本山掛堤村

に新たに勧奨された諏訪神社の神主に任じられた。社領七石、田地七斗蒔、本山村石高三千二百石、家数四百軒残らず諏訪神社の氏子になった。

同じく、分家筋の月川米蔵も岐宿村岩立神社の下社家に任じられた。

このように、月川一門への吉祥が相次ぎ、日向も余りの幸運に次のように書き記した。

「誠に以て、存じ寄らぬ御厚恩を蒙り奉り候」と一門の繁栄に感謝している。

しかし、こうした月川家とその一門のみの繁栄は、富江の一般村民にとっては決して目出度いことでは無かった。それはこの後に続く、激しい社人への反発行動へと繋がっていった。

長崎県への編入

富江村の一揆騒動もとりあえず落ち着いてきて、秩序を取り戻してきたように見えたが、それはこれから激化する「第二の富江騒動」への序章でしかなかった。

三月二十日には旧領内の繋敷村と田尾村古場でキリシタン信徒が露見し、五島全域に吹き荒れていた弾圧の嵐が旧富江藩領内にも及んできた。

富江一千石復領の沙汰からすぐに富江藩の廃藩と目まぐるしく変化したものの、支配の実態は福江方の支配が続いていたが、やっと、五月十七日に至って正式に長崎県管轄の布告が出たのである。

長崎県の支配を受けることになったため、それまで陣屋御殿で生活していた銑之丞以下の殿様家族は家僕長瀬惣兵衛宅に引っ越して、富江陣屋を県に引き渡したのである。

また、長崎県支配が明確になったことから、福江藩から派遣されていた民事局役人松尾勝右衛門、荒木幾三郎の両名は六月十五日には富江を退いた。併せてこの日、福江藩への仕官を望んでいた旧富江藩士五十人も、長崎県支配が明確になったことからここに不採用となったのである。

昨年七月の太政官布告により、富江表一千石の復領が認められたものの、福江との吸合藩により、富江の水帳その他の帳簿一式は福江方に没収されたままであった。しかるに、この度福江藩の支配を離れ長崎県の管轄となったことでそれらの帳簿の扱いに問題が出てきた。銑之丞の身分そのものが東京府官属のままであったため、法的には富江一千石は銑之丞に引き渡さざるを得なかった。

また、東京府官属という銑之丞の身分そのものも単に表向きの事であり、未だ太政官からも長崎県からも何らの沙汰もなかった。長崎県管轄となっても役所の建設や役人の派遣がある訳でもなく、一般の富江村民は、旧富江藩の復古が成就したものと思っていた。

富江一千石は内高六千石余りで、その上にこの度の蝦夷地の拝領地を合わせると実質一万石以上になり、殿様は大名になられるとの噂が飛び交った。

また、富江藩の廃藩により生活の目途を失い、福江県に仕官を望んでいた旧藩士五十人はその道も絶たれ、これまた各々の利害に振り回され、噂が噂を呼び一段と混迷を深めていったのである。

八月九日になってやっと、長崎県から土肥小参事、藤木小属、白石徳三郎の三名の役人が初めて富江入りして、本陣宿古本藤右衛門宅に投宿したのである。

早速翌日には、目付の藤田巌から御屋形に呼び出され、八百重を差し向けたところ、「この節、長崎県支配に相成り候に付、三千石共に土地人民共御受取に相成り候に付、左様相心得候様」と正式に富江表が長崎県支配となったことを知らされた。

ここで注目すべきは「土地人民共に御受取り」云々である。封建領主支配の終わりと、土地の個人所有概念が出てきていることである。

富江藩においては、一般領民の土地所有は認められていなかった。農民は、藩の公田または藩士の知行田を毎年抽選によって耕してきたのである。

八百重が御屋形を退くと、長崎県の役人から直接の沙汰があるので大蓮寺に行くように指示された。大蓮寺には土肥小参事、藤木小属、白石徳三郎の三方が座していて、土肥小参事から次の申し渡しを受けた。

「五島銑之丞の旧領、長崎県御支配に仰せつけられ候に付、左様御承知なされ候」と申し渡された。大蓮寺の大広間には寺院、大庄屋、乙名その他の町々、村々の頭等の責任者が揃った中での申し渡しとなった。

八百重からこの日の申し渡しを聞いた日向の率直な感想が生々しい。

「誠に有り難く大喜びいたし候」と記し、これまでのような富江五島家に対する絶対的な忠誠心や畏敬の念といった気持ちが無くなってきている。明治維新という国家の変革に伴って、一地方の知識人である日向の心中にも大きな変化を与えている。

八月二十七日、長崎県役人の村々の境界改めが田尾村から行われた。この時福江藩からは小参事の佐々野勝衛（富江騒動の発端である密書を朝廷に内奏した張本人）が立ち会っている。境界の確認作業を終えた長崎県の役人は、村々で先の達しを行って、船で大浜村に渡っていったが富江方の見送りは無かった。

県の役人が帰ると早速、八百重が御屋敷（これまでの御屋形という表現を改めている）に呼ばれて、神事方大久保郡右衛門から次のような沙汰があった。

「長崎県役人は昨日引き取りに成され候に付、跡の儀はこの方様（銑之丞）にて御支配成され候様、御沙汰相成り候間、左様相心得られ候様」とこれまでに変わらず富江表は殿様が支配するとの達しを受けた。

この辺りの行政権の執行の曖昧さが、旧主と旧家臣の身の保身を招き、一般領民との微妙な隔たりを作り出した。その表れが家臣同士での反目や領民と社人のわだかまりと徹底した反発となっていった。

衆人不帰依

明治三年九月四日になると、またしても岳、山下の百姓共が代官岩田栄太夫の屋敷を打ち倒すと騒ぎ立てた。聞けば、この節家中の者に配分された四ヶ一の土地の事について苦情を申し立てたところ、岩田代官から何の説明もなく、放置されたとの騒ぎであった。早くもこの頃になると頑なであった封建身分制度の綻びが露呈してきている。

こうした騒ぎの最中に、平田武兵衛、長瀬惣兵衛その他三人の家中の者が松尾の瑞雲寺に、狩立、松尾村その他近郷の村々の百姓を集め、先の家中の者共に下された四ヶ一の土地については、そのまま家中の者共に引き渡すように諭したが、百姓衆は平等に地割して貰いたいと士族と対等の権利を主張している。

この四ヶ一の土地が「地名」なのか、はたまた「四分の一」の意味なのかは不明であるが、いずれにしても百姓衆が堂々と平等の権利を主張しているところが注目される。

廃藩により、旧富江藩領地は人民の土地所有権が認められた。このため旧家臣に有利に下げ渡された土地を、百姓共は人民の権利として平等に区割りするように要求したのである。

一方の旧家臣層にしても、上級の知行取は別として、二十石以下の蔵米取の藩士はその扶持を失い生活の糧を失った。隔絶された小さな島の中で、必死に生き残りを模索していたのである。

二百六十年の長きにわたって続いた封建制度の崩壊により、旧支配層と人民側との軋轢が露わになり、全国いたるところで土地の所有権にまつわる争いが絶えなかった。

日向はこのあたりの事情を次のように日記に記した。


「またまた、世上もの騒がしく相成り候」


一方、富江武社宮には相変わらず先の神仏分離の影響と社人への不信感から参拝する者は殆どなかった。

そうした中、九月十一日には神事方大久保郡右衛門から、元水、八百重、清水の三人が

「御用」とのことで大久保屋敷に呼ばれ、次のような思いもよらぬ申し渡しを受けた。

衆人不帰依の趣、相聞こえ候に付社頭罷免、
三人共に先ず禁足申し付け候

この日の日向（元水）の日記には、突然の衆人不帰依による禁足処分に対して、次のような不満を表した。

「我らにおいては、衆人不帰依に相成り候様の懈怠《けたい》の不動は致さず、我らの代に相成り候て、別して諸人も不帰依、信心致し候様に相成り居り候処、一昨年福江御支配と相成り、諸事仰せつけられ候処、朝命にて候に付、万端、御裁許の通り畏れ奉り、殊に神仏取分けその他にも神祇道御引き立て御趣意にて、神職たる我等共には時を得て、大望成就に相成り候儀に付、別して有難く入念に相務め罷りあり候。

それより一統我等共を相憎み立て候て、右の通り衆人不帰依御沙汰相成り候儀に付、右の成り行きにても先祖子孫へ申し分も相立ち候儀に付、兼ねて覚悟いまさら少しも驚き申さず候。また、御上《おかみ》初め御家中その他下々に至るまで何ぞ不調法致し候覚えもこれ無く候

に付、決して心外には相心得申さず。盛衰は世の常と相心得罷り在り候」

諸人はいかに言うとも嘲りとも

我に犯かせる罪とがなし

神職を代々に渡って勤めてきた月川家にとっては、この衆人不帰依の沙汰は誠に非常で気の毒な結果だった。

しかし、当時の富江領民にとって絶対的な存在は殿様であり、時代が変わったからと言って直ちに朝命を遵守する社人共を主家を売る者として憎み、誹謗する風潮は強かったのである。

そうした状況で九月十四日には、孫の清水が軍務局勤務を免ぜられので、その代償として、会計局から十石の扶持を受けたことから日向は嬉しさのあまり落涙している。

日向親子と孫への禁足処分は九月二十七日には解除された。そこで、どのような訳で禁足処分が下されたのかを確認するための願書を神事方大久保郡右衛門に提出したのである。これに対して、大久保からは何らの具体的な説明はなく、「ただその身に不帰依の儀あり」としか言われなかった。その後何度となく尋ねても、大久保からは判を押したように、「その身に不帰依の儀あり」と曖昧な回答しか得られなかった。

　このため、月川家では何としても衆人不帰依に至る原因を解明しようと、孫の清水を直接長崎県庁に出張させ、この度の不帰依となった真意を質す願書を提出する行動に出たのである。しかし、県庁の役人からは禁足や免職の事はこちらではよく分からないので富江で糾明したいと言われたので、やむなく清水は富江に帰ってきた。

　このことを受けて、十月九日には、いったん長崎に引き上げていた土肥小参事が再び富江に入った。

　翌朝、清水が土肥小参事の宿泊する本陣宿大坂屋の乙名古本藤右衛門宅に呼ばれて、先だって長崎県庁に提出した願書については、書面の内容で間違いないかと尋ねられたので、少しも相違ありませんと答えて帰宅した。

　十月十四日には、月川家が県庁に出した願書は、余りにも殿様のご威光をないがしろにした無礼な行為であると訴えて町、職人、小島、黒瀬の者共が多数大蓮寺に集結した。土肥小参事に対しての百姓衆の言い分は、元水、八百重、久馬（元水の次男）、清水の四人を貰い受けしたい、でなければ一揆を企てるとの願書を差し出した。土肥はこの願書をいったん受け取ったものの、四人貰い受けの儀は「以ての外」とのことで百姓衆を諫めたが、ここはこのように書け、そこは削除しろと細かい指示しながら願書を受け取っている。

それにしても、廃藩で藩自体が消滅し、殿様も一介の士族身分になったにも関わらず、一般の領民は旧時代の意識から抜け出せずにいたのである。

こうして再び一揆の様相を呈してきたので、月川家の家族は身の危険が差し迫ってきたので、福江藩領の大浜村に避難した。そこの福江町人川野助三郎宅の二階に身を隠したのである。

時を同じくして、月川家に対して家中の主だった者から義絶の通知が相次いだ。まず、松園弥太夫より元水妻きよ義絶、松園清九郎より八百重妻えん・伜三木助・娘あい義絶、藤田巌より清水・ふじ義絶する旨の絶縁状が届いた。

こうした村八分にも等しい一連の富江村民の動きの背景には、当然に月川一族と社人の者共を好ましからぬ存在として排除しようとする旧家臣の思いがあった。

こうした中、正月の富江藩廃藩により扶持を失い、帰農商願いを出した旧家中の者共に、政府から御家中・足軽御救金として、都合一万四千五百両もの大金が支給された。支給額は知行高によって下された。家老今利家の三百両を筆頭に、家格を問わず家ごとに九十両が一人扶持の足軽にまで支給された。

思わぬ大金を受け取った旧家中の者共は、徐々に櫛の歯が抜けるように住み慣れた富江を離れ、新たな思いを抱きながら旅立つ者も現れた。

十月二十四日、土肥小参事がこの度の百姓衆の事件伺いのため、いったん長崎県庁に戻っていたが、すぐに富江に帰ってきた。

翌日には、小参事一行は町役を同行して武社宮に参拝に訪れた。直ちに旅宿の大坂屋に元水と八百重の親子が呼び出された。そこで午後七時頃（明治三年のこの頃になると田舎でも従来の刻限表示でなく、時計の時刻表示を使うようになっている）に大坂屋を訪ねたところ、平田武兵衛、長瀬惣兵衛、松園弥太夫、藤田巌が居並ぶ中で、土肥小参事から次の沙汰の申し渡しを受けたのである。

その方共儀、衆人不帰依に付、社務召し放し
退隠申し付け候間、慎み罷り在るべく者也。

この沙汰により、元水（五十五歳）、八百重（三十八歳）の二人は社人としての職を解かれ、隠居を命じられた上に、さらに謹慎処分となった。

翌日にも、清水（二十一歳）が同様に大坂屋に呼ばれて、次の沙汰を受けた。

その方儀、月川家相継ぎ武社宮社人申し付け候

ここに昨年八月からくすぶり続けた神仏分離による騒動は一応の決着をみたのである。只、納得がいかないのは月川家を始めとした社人だった。未だ長崎県から一片の説明や糾明もなく、一方的な裁定は納得できるものではなかった。

長崎に出向いて願書の提出が、旧藩主銕之丞の御為にならないと言われるが、神祇道に立ち返ることは御維新の大義であり、明治新政府の国是である。その朝命を遵守したことが結果的に衆人不帰依になったことは、全く身に覚えのないことである。しかしながら、時節と相心得謹んで罷り在り候とこの時の心境を語っている。

結論から言えば、今回の処分は先きに銕之丞が行った処分を、長崎県の役人が藩政時代の余勢を以て追認し旧主の顔を立てたのである。

一揆騒擾

十一月一日、予て東京から長崎に出張中の落合、清原の宣教使二人と巡察使一人さらに戸籍掛六人その他併せて十五人が富江に入った。宣教使は西の宿今村勢兵衛宅へ、巡察使は大坂屋の古本貞右衛門宅へ、戸籍掛は残らず筑前屋和四郎宅に止宿した。宣教使とは、明治二年に神道国教化に伴い神祇官の下に置かれた布教の専門官である。

初期の明治政府においては、全国の神社神主は神祇官直属であり、神社が戸籍事務を取り扱う国家機関であった。旧幕時代は寺院が戸籍を専ら扱っていたので寺社と神社の立場が逆転したのである。

翌日には、早朝から宣教使一行と土肥小参事が武社宮参拝に訪れた。直ちに一行は宝殿に入り、宣教使から京都吉田神社勧奨の幣帛、金幣、神鏡、花立、絵馬その他の物も早々に取り除くように申し付けられた。また、宣教使からは神仏分離によって毘沙門天の仏体が妙泉寺に持ち出され、虚宮とされた武社宮の裏山を「この神山こそ八千矛神のおわす御神体である」と言われ感激したのである。

さらに、「武社大明神」を「富江神社」にその神号を改めるように命じられた。併せて、「田尾乙宮」を「乙神社」、丸子は「保尾神社」、黒島は「鴨神社」と改名するように命じられた。

こうして、十一月四日に富江神社としての初めての例大祭の日を迎えた。

社人共は、石工に頼んで富江神社の鳥居の額を新たに作り、何日も前から神輿《みこし》の飾りつけを終えて年に一度の例大祭の準備に追われたのである。

土肥小参事からも、今年の例大祭には氏子一同揃って参拝するようにと命じられ、三四日前から町中に触れ回ったにも関わらず、今年も町方からの参拝者は誰一人としてなかった。

十一月六日、富江神社御祭礼が滞りなく終わった。宣教使一行と殿様その家僕平田武兵衛、長瀬惣兵衛、草野七郎衛門の参拝こそ行われたものの、町方からの参拝はなかったのである。

十一月七日の夕刻近く、社人の綜次から一揆を企てている町衆がひどく動揺しているとの知らせがあった。今夜中に元水の隠宅を引き倒すとの噂で持ち切りだとのことであった。一揆衆が今晩大蓮寺に集合していたので、その代表者を小参事が呼び出し、またしても「以ての外」とのお叱りでしぶしぶその場を引き下がったとのことであった。元水や社人たちは一安心し、畑に隠した家財道具を家の中に再び搬入したのである。昨日までの大祭が終わり、早くから触れ回っていたが町衆からの参拝者は誰一人としてなかった。

「悪事を働き、昨夜から評判いたし、今晩引き潰し候様評決いたし居り候由にて、言語同断の奴ばらにて候。やはり尻押し（黒幕）致し候者これ有候由」と元水としては冷静さを失って、今回の企ての背景を推測している。

噂では、平田亮平が「日向宅を引き倒さなければ、殿様や御家中のためにならず」と黒瀬村の鶴蔵という者に語ったという。

この背景には、やはり月川家が衆人不帰依となって謹慎処分を受けたことの不満を長崎県庁に訴え出たことが、旧主の立場を無視した行為であり、また家中の者共を愚弄した行為と捉え、月川家排除へと動いたことが考えられる。

こうして、大騒動となった明治三年十一月十五日を迎えたのである。

当日は小島郷の塩池（塩田）に町、職人、小島、黒瀬の者共が朝から集結していた。今晩に日向（元水）宅を引き潰す談合を行っているとの通報を受けて、急ぎ家財道具をみかん畑に隠した。

夕刻になり、土肥小参事が塩池に出向き退散するように命じると、大人しくいったんは引き上げたので、これで今晩は大丈夫だろうと思い再度家財道具を屋敷内に引き入れた。

しかし、夜の十時過ぎに至って、「ワァー」「ワァー」と大勢の声が聞こえてきたので、再び家財道具を畑に移している最中に、一揆衆が大挙して門外に押し寄せ、四方から投石し始めた。

頭から手ぬぐいを被り、顔は竈の墨を黒く塗りつけており、夜目にはどこの誰だか分からなかった。

日向、八百重、孫娘の三人でみかん畑に隠れていると、十五、六人の一揆の者が山刀、鎌、竹やり、こん棒で隠していた諸道具を打ち破り、さらには本宅、隠宅、次男久馬宅の三軒を同時に打ち潰したのである。

隠宅は屋根瓦共に打ち破り、座敷廻りの柱は残らず切り、天井板は下から突き破り、襖、戸、障子、壁その他三軒とも掛ける所もないほど打ち破り、畳は切り裂く、味噌、醤油、籾米、芋、切り干し大根等何一つ残さず打ち損じ、衣類は元より、お宮の道具、殿様からの寄進幕、幟等も悉く引き裂き夜具の一枚も残さなかった。

また、脇差の全てと短刀一本が盗まれ、金子三十四両三分と天保銭三百二十五枚、小銭四十五匁余、真銭十七匁等残らずに盗まれた。

その他の物では、書付、焼物等残らず打ち破り、門外の田の中に投げ捨てられた。さらには、門柱（この門柱は現在でも使用されているが、表面に刀傷が残っている）も引き倒され、衣類の入ったままの箪笥、閂、控柱は北浜に運び込まれ焼き捨てられた。

深夜の十一時過ぎた頃やっと騒動が鎮まったので、県庁役人の土肥小参事に現場確認をして貰おうと使いを出したが、この日の小参事の出動は無かった。

聞くところによると、大酔の様子で、しかも平田武兵衛、長瀬惣兵衛、草野建蔵の家僕三人も同席しての大宴会の最中とのことであった。

明け方近くになっても一揆衆の勢いは衰えず、田之江の小頭宅、同隠宅、大庄屋庄司儀七郎宅、同隠宅、大庄屋楠本伝兵衛宅、狩立村の傳次郎宅、金弥宅、留蔵宅の合わせて十一軒もの家々を一気に引き倒したのである。

目も当てられない惨状となったが、誰一人として慰めてくれる者もなく、鍋ひとつ、茶碗ひとつもなく、また夜具もなく普段着のままで過ごすしかなかった。筆や墨も無く、この日記もぼくれ筆（筆先がつぶれたもの）を以て落涙しながら記し置き候とこの日の出来事を伝えている。

「実に、千辛万苦とは此の事に候」とその時の心境を伝えている。

未明に伝え聞いたところ、この度の騒動の村々は町・小島・黒瀬・職人町であった。その後、一揆衆は騒動に加わらない村々は残らず引き倒すとの触れを各村に出したため、富江表の村は残らず一揆に加わったとのことである。

「やはり、今回の騒動には尻押し（黒幕）する者がいることが明白である」と記し、名前までは日記に書かなかったが、もはや明らかであると記した。

夜が明けると、やっと土肥小参事の見分が行われたが、一向に被害者の日向や社人共への質問や同情はなく、もはや県庁の役人は銑之丞家僕三人に抱き込まれたものと推察したのである。

一揆衆は夜明けとともに、富江村の真ん中に位置する只狩山という標高八十メートルほどの山頂に結集し、今度はこの春に福江藩に主家を裏切り、仕官願いを出した士分や卒共の家を引き倒そうと気勢を上げたのである。

こうした事態を取り鎮められるのはもはや旧主の銑之丞以外にはいないと小参事が掛け合い、銑之丞共々只狩山に向かったのであるが、一揆衆はこれを小参事一行と勘違いして投石する始末であった。やっと殿様であることが分かり、一揆衆も鎮まったのである。

このことからやはり富江表は殿様の支配でなければ落ち着かずと噂され、県庁の権威は地に落ちたのである。

自宅の打ち壊しにより神主一家は普段着の衣類から小遣いまで何かと不自由な立場に追い込まれた。神主一家の悲惨な有様を聞きつけた近郊の村である小川村や川原村から衣類や食料を携えて見舞に来てくれたので、やっと窮状を凌ぐことができた。

事件から五日が経過した十一月二十日になって、やっと土肥小参事から清水、久馬の二人が旧藩校であった成章館に呼ばれ、初めて今回の事件についての尋問が行われた。

「私共は何事も存じ申さず、何の訳柄と申す儀は元より、彼等から不調法され候覚え少しも御座なく候」と清水が弁明したのである。

この尋問を受けて十一月二十三日には小参事、巡察使、戸籍掛残らず長崎に向けて出船したのであるが、土肥小参事初め県庁役人からは今回の事件に対する一片の沙汰もなかった。

十一月三十日には、富江藩領地没収の策略を巡らした福江藩元家老で、維新後は福江県の大参事であった白浜久太夫が藩知事から隠居を命じられている。

時代は大きく変わろうとしていた。

何故にここまで拗れてしまったのか。

京都での富江藩領地没収の朝命から始まり、福江藩からの有無を言わせぬ直接支配と神仏分離令による混乱、その後、領民一致しての復領運動の結果、富江一千石の復領を果たしたものの、時代の大きな変革の中で僅か四か月ほどで富江藩廃藩に追い込まれた。新たに長崎県の管轄への編入と矢継ぎ早の変革は、数百年の太平の世に慣れた一般領民には、とても理解できない不可解なことばかりであった。

殿様と氏神武社宮（富江神社）に対する絶対的な敬慕が富江藩領地没収と神仏分離により切り離されたことへの不満が一気に爆発したことがこの騒動の大きな一因であった。領地没収による士民挙げての初期の復領嘆願は「無実の罪に帰せられた被害者」としての大義名分から一定の成果を上げたが、世の中の変革の波は一地方の思惑を超えて一気に廃藩置県へと向かい、これまでの身分制度は崩壊した。扶持を失った家中の侍たちは生き残りをかけて自己保身に走り、その矛先を神道国教に伴い、何かと優遇されているとみなされた神社の社人に向けたのであった。

長崎県庁での取り調べ

昨冬の一揆による打ちこわし騒動の余波は、年が明けて明治四年の正月を迎えても鎮まる気配はなく互いに反目しながら、静かな対立が続いていた。

一月六日には、藩そのものが無くなったにも関わらず恒例の社人共の年頭御礼の挨拶のために御槍の間に出向いた。これまでは大広間にての年頭御礼が何故か御槍の間に格下げとなっていた。

一月九日には関係者が再び御蔵元に呼ばれ、この度の一件については、長崎県庁において尋問並びに取り調べが行われることになったとの沙汰を受けたのである。

このことを受けて一月二十八日には、月川久馬、月川清水の両名と丸子保食神社神主近藤要人の社人関係者が、冬の荒海のなか長崎に向けて出船した。ちなみに、この時の傭船は小島の船主伝七の持ち船で、船賃六両の他に食料として芋百五十斤と米一斗五升を積み込んでいる。

長崎行きの旅費として、月川久馬は神事方大久保郡右衛門から十五両を借入れ、丸子の近藤要人も十両を借り入れている。

一揆に加わった村々も、町人共は一軒につき百六十匁、百姓衆の村々は一軒たり八十四匁を負担している。このように、騒動の後もその資金負担が重くのしかかっている。

社人関係者の出船と前後して、大庄屋庄司儀七郎、楠本傳兵衛の両名さらには町、職人、小島、黒瀬の一揆に関わった者も出船し、旧家中からも立会人として川瀬雄右衛門、藤田巌の両名が旅立った。

二十九日の朝方に長崎に到着した久馬、清水の両名は、御屋代森路惣十郎宅に旅宿として入った。遅れて長崎入りした川瀬、藤田、庄司、楠本の打ち壊しにあった者も同じように森路宅を宿とした。

なお、一揆衆は鍛冶屋町に借家している。

関係者全員が長崎入りしたので、二月二日には長崎県の役人立ち合いの上で森路宅で下調べが行われた。一揆衆は都合十九人で、いずれも楠本傳兵衛から事前に口裏を合わせるように言い含められていた。何ゆえに打ちこわしにあった傳兵衛が一揆衆に加担したのか、やはり殿様の御為と思っての事と推量したし候と傳兵衛の心の内を述べている。

二月八日には、三井楽の岳村にてキリシタン信仰の者が発覚し、なかなか改心しなかったので、どぶの中に全員ぶち込み棒で打ち叩いたところ、三人の者が自宅に帰ってから死亡したとこの時期のキリシタン弾圧の一端を記している。

これまで、幕末・維新時の五島キリシタンの迫害の中で三井楽村での迫害は比較的寛容だったと言われてきた。しかし日向の何気ない記述に見られるように実態は想像もできないような弾圧が繰り返されていたのである。

五島でのキリシタン迫害は、明治元年九月二十九日に久賀島の松ケ浦から始まった。二十三人の信者が捕えられ、海を隔てた福江の牢に引き立てられた。久賀島の血気盛んな若者は、明治維新という時代の大きなうねりの中で先祖から守り伝えられたキリシタンとしての立場を公にしようと、次々と長崎に渡り大浦天主堂で洗礼を受ける者まで現れた。洗礼を受けた以上もはや旦那寺のお守りや神社の神棚は不要と八十戸ばかりの家がそれらを焼き捨てた。その勢いで、代官所に出頭して、これからはキリシタン宗門として生きていくことを宣言したのである。江戸幕府は崩壊したとはいえ、明治新政府はキリシタン禁制の高札を掲げたままであったことから、たちまちのうちに捕らえられ、間口二間、奥行き三間の急ごしらえの民家の牢に男女二百人からの人々が押し込められたのである。

時に富江騒動の真っ盛りで、明日は福江と富江の全面衝突かといった緊迫した情勢の中で、久賀島の代官や足軽は福江に戦支度《いくさじたく》のために引き上げたため、捕らわれたキリシタン衆はそのまま牢に捨て置かれたのである。

その結果は悲惨で牢内での死亡者三十九名、出牢後の死亡者三名を数えたのである。福江藩による狂気じみた迫害は、その領分である上五島にも及んで、宿ノ浦、福見、樽見、頭ヶ島、鯛ノ浦、青砂ヶ浦、茂久里、冷水、曽根と続いた。

福江藩は禄高僅か一万二千五百石ほどの小藩である。領地は九州の最西端の離島であり、それも平地は少なく、山が海に迫る痩せ地が大半であった。

御維新により、それまで隠れるようにして暮らしてきたキリシタンの人々が公に信仰を打ち明けると、従来からの五島人は徹底して彼らを排除しようとしたのである。五島のキリシタンは大村藩から移住してきた人々で、元からいる地元民からすると余所者であった。そのため彼らが住む村は「居着き」と呼ばれ、反対に地元民の村の事を「地下《じげ》」と言った。

外部との交流が極端に少ない当時の島社会の中で、異質なものを排除しようとする排他性から、それが独特の差別意識となって現れたのである。封建制度の絶対的な身分制度の閉鎖社会の中で、人々の無知と貧困により人間性が歪められたのである。

長崎での取り調べは何回となく行われていたが、なかなかその詳しい内容は富江までは伝わってこなかった。そのため富江では様々な風評が乱れ飛んだ。

二月九日には、福江藩のお目付け役の薩摩藩本田杢兵衛が長崎に入った。福江の梁瀬隼太から聞いたところ長崎県知事、大参事などへの尻押しのためとのことで大いに安心した。いずれにしてもこの時期になっても薩摩藩は富江藩の動きに強い関心を寄せていたのである。

二月十五日には、大宝村近くに鯨が寄せてきて、黒瀬、山下、岳、小島の者が捕獲している。幕末の頃から富江での鯨漁は衰退していたため、村々は久方の鯨捕獲で喜びにあふれた。

旧富江藩には、魚目村と黒瀬村の二か所に鯨納屋があった。江戸中期頃までは鯨の捕獲から上がる運上銀は膨大で、背美《せみ》鯨銀一貫五百、座頭《ざとう》・長須《ながす》鯨銀一貫目、子鯨は銀五百目で富江藩の財政を大いに支えた。黒瀬村には鯨解体の納屋場と二台の大きな轆轤《ろくろ》があった。納屋場で働く出稼ぎ者も多く活気に満ちていたが、幕末の頃にはその景気も失われていた。

日向の日記の中にもたびたび鯨が捕れたことから、祝詞のため黒瀬村に呼ばれたことが記されている。日向はその都度多くの鯨肉を土産に貰っている。

三月十七日になると、家僕の平田武兵衛が今回の件で長崎において尋問されることになり、船出したとの噂が駆け巡った。同じく、土肥小参事と藤木の県庁役人が業務怠慢の廉で免職になり大村に引き取られ、もう一人の県庁役人の白石は近いうちに長崎県刑法方に転勤することになった。

噂話ばかりが流れ、なかなか長崎の実情が分からないなか、三月二十一日になってやっと久馬、清水から手紙が届いた。それによると久馬と要人の二人が疱瘡に罹患し、本牢入りとなった一揆衆の紺屋勢右衛門も疱瘡を患っているとの内容だった。

四月十二日に至って、やっと立会人の川瀬雄右衛門と藤田巖の両名が富江に帰ってきたのと相前後して久馬、清水の二人、さらには一揆衆の村人も帰ってきた。

早速、親族一同揃っての報告会が行われた。それによると、この度の長崎尋問で丸子社人の近藤要人が疱瘡に罹り二月二十二日に相果て、一揆衆の中からは田尾村の与次郎が同じように疱瘡で亡くなっている。また、一揆衆の者共の中から紺屋勢右衛門、町人福太郎、百姓忠五郎の三人が入牢したとその顛末を聞いた。

明治初年の頃とは言え、二人の者が疱瘡に罹患して亡くなっている。この時代、ちょっとした旅でも命がけであったのである。

この県庁での取り調べは、結果的には事件の具体的な真相究明や個別の判決もなく、ひとまず一同帰郷させられたのである。

しかし、二か月以上に及ぶ長崎尋問の結果、事件の背景や事実が判明したのである。

四月十五日には、この度の一揆騒擾の尻押しは、殿様銑之丞であることが間違いないものとして、東京で裁判にかけられるとの噂が駆け巡った。

四月十七日に至ると、旧富江藩の陣屋を長崎県が接収し、県の出先機関としての機能を備えた。このことから、銑之丞は再び家僕の草野建蔵宅に引っ越ししたのである。それと並行して新たに富江村の大庄屋に中司理右衛門と大野時右衛門の二人が就任した。

四月二十九日には、貞方安右衛門の次男貞方次郎が殿様の先行きを案じて割腹自殺するといった事件が起き、富江の町全体が何とも言えない重い空気に覆われた。

対決と和解

長崎県庁での取り調べは具体的な糾明もなく、富江騒動は何らの解決の糸口もないまま時間だけが経過していった。

五月六日には、旧藩士、足軽の全員が県庁出役所（旧陣屋）に集められ、県の役人から次のように申し渡された。

「これまでの侍と相心得申さず候様、しかも成るたけ学問を致し候様、且つ、渡世のため茶を植え、また、蚕を出精養い候様、また、百姓になり候共、町人になり候共、望み次第に相成り候様」とこれからの身の振り方について諭されたのである。

昨日までは羽織袴で帯刀し、四六時中「御用」「御用」と呼び出し、右の沙汰おかしき限りと日向はこの日の日記に書いた。

　ここに旧来の封建的身分制度は完全に崩壊したのである。

　出役所から東役所の大庄屋に大野時右衛門、西役所の大庄屋に中司理右衛門の両名が任命され、旧家中の者共はすべて東役所の支配を受けることになった。もはや家中での身分や肩書は何の意味も持たなくなったのである。

　旧家中の者には、東役所大庄屋大野時右衛門から次のような回状が回された。

「この度、帰農商して当地に居住の面々は、万端、折柄農商の手本に相成り候様、身を慎み質素倹約を守り、家業営み申すべきこと」と扶持を失った家中の者共の行く末を案じている。

　五月二十六日には、旧家老平田武兵衛が殿様銑之丞から御目通り禁止の沙汰を受けている。その理由は、これまでの一揆騒動の首謀者は武兵衛と白状する百姓衆が相次いだためだった。

　殿様に一番近い側近は武兵衛であり、当然に武兵衛は銑之丞の意を受けて万時行動したと思われるが、当時の身分秩序から武兵衛一人に責任を押つけている。

　時間の経過とともに長崎での尋問の内容が徐々に明らかになってきたのである。離島という外部との交流が極端に少ない閉鎖社会の中では、噂は瞬時に広まり、どんなことでもいったん噂になればそれが真実になるのである。

町中で噂だけが先行し、未だ確たる騒動事件の真相が曖昧のまま、噂のみが駆け巡り混沌とした状況が続いていた。

今日でも長崎に渡るには海上百キロメートルの五島灘を渡海する必要がある。当時は、富江から上五島の鯛の浦に渡り、そこで一泊してから四丁櫓の伝馬船で外海半島目指して一気に漕ぎださなければならなかった。

そうした中、七月四日には藩校であった成章館において、銑之丞家僕長瀬惣兵衛と草野建蔵の両名と従前福江仕官を願い出て一揆騒擾に血判加担した旧家臣の者共との対決が行われた。しかし、この時の詳しい内容は日向日記そのものが虫食いにより欠落しているため伝わっていない。

いずれにしても、旧家臣はその立場によって分裂し、互いの不信感の中でますます困窮していったのである。

七月二十一日になると、平田武兵衛は銑之丞からこの度の騒動の廉で隠居を申し付けられた。腹の虫がおさまらない武兵衛は、平田亮平、医者の穎原京仲を富江湾に浮かぶ太郎島に誘い大酒宴を催すのであった。

日向の日記によれば、彼らを「世上、悪だくみ三人組と称す」と断罪している。

いずれの三人共これまでの郷土誌並びに郷土史家の記述では、富江騒動の英雄的存在であり、維新後も子弟の教育を通じて町の貢献者として紹介されている。いずれが真実なのかはその人の立場によって異なり、この月川日向日記のみでは判断できない。

一方の福江県にも時代の大きな変革の波が次々と押し寄せきた。七月二十九日には家中一同が福江城に登城を命じられ「この度、郡県に仰せつけられ候」と明治四年七月十七日に断行された廃藩置県の法令が伝えられ、ここに福江県は廃止され、新たに長崎県の管轄となった。

このことから、これまで福江県知事五島盛徳として、城の中で居住していたが八月三日には旧藩時代の城代家老であった松尾家に引っ越した。そのため家中揃って銭別を差し出している。ちなみに岐宿村の網元西村家からは千両の大金が銭別として五島家に贈られた。「天下一統諸藩共右の御成り行きとは申せ、誠に恐れ入り奉り落涙いたし候。やはり、中太夫様(銑之丞)同様に相成り候御事と察し奉り候。実を以て案外千万の事件にて候」と全国の諸大名が残らず領地を召し上げられ、廃藩置県により新たに郡県となったことを驚きを以て書き記している。

また、翌日の八月四日には、永正四年(一五〇七)に起きた五島史最大の事件であった玉之浦納の乱により、福江辰の口城から富江の黒島に逃れて自害した宇久家十九代宇久囲《うくかこむ》夫婦とそれに殉じた家臣六名の亡骸を黒島の法泉坊から歴代藩主の菩提寺である大円寺に改葬するため、大属佐々野弥六郎以下六人衆の子孫が黒島に来て、埋葬墓を掘り起こしている。それによると戦国期の玉之浦納の乱からすでに三百六十五年を経過しているにも関わらず、囲夫婦の亡骸はほぼ完全な形で発掘されているが、主《あるじ》に準じた家臣六人の亡骸は完全に風化してしまい、遺骨の一つも見つからなかったという。日向は発掘に立ち会った黒島の鴨神社神主男也からこのことを聞いて畏れ入っている。

廃藩置県に伴う新時代の新しい改革が次々と打ち出され、世の中が急激に変わっていくの様を驚きを以て見つめながらも、こと富江表での一揆騒動の余波の解決の糸口は見いだせないまま時間ばかりが経過していった。

そうした中で、九月九日には、月川八百重から兼ねて嘆願していた次男三木次郎を荒川村の七岳神社神主とする沙汰が下りた。三木次郎が幼年であったため八百重が後見することになり、八百重は正式に七岳神社の神主になり、荒川に自宅を構え、代々住み慣れた富江の地を離れたのである。このことの背景にはこの度の一揆で富江領民から難を受けたことと、長男清水が長崎県庁から謹慎処分が未だ定まらずにいたことから、八百重は福江への移住を願い出ていたのである。

何時までたっても、清水の謹慎処分の内容が曖昧のまま放置されていたので、十二月五日には、昨年十月に長崎県に出した願書の件で東庄屋大野時右衛門に再度伺い書を提出した。それに対する大野時右衛門の返答は、「右願書を糾明することは、旧主銑之丞様初め旧家臣の内にも迷惑が及ぶため、すでに内済である」と言われ、すでに終わった事件なので再び問題にしないで欲しいとのことであった。

長崎県としては、平田武兵衛を中心とした旧藩の頭取連中が一揆騒動の黒幕であったことが明白となったため、このことをあえて公にすることに躊躇いがあり、すでに終わったものとして処理しようとしたのである。

明けて明治五年を迎えても、未だ一揆騒動の確たる原因究明は放置され、清水の謹慎処分も解かれないまま捨て置かれたのである。

一月十八日には、長崎で入牢の紺屋勢右衛門、福太郎、忠五郎の三人が釈放された。ただし、その身は長崎郷宿預かりで、そのまま長崎に留め置かれている。

四月六日になると長崎県の末端の行政組織が新たに立ち上がった。

富江表では、東庄屋大野時右衛門が正式に県庁から里正《りせい》に任じられた。その他では中司理右衛門、貞方安右衛門、貞方沢右衛門の三人が書記に任じられ、併せて西村鹿之助、宮原丈右衛門の二人がさじに任命された。富江村の全域はこの六人を以て支配管理することになった。この新制度に伴って、旧来からの乙名制度はすべて廃止された。このように廃藩置県後は、急速に旧弊が改められこれまで下級藩士であった者が新時代のリーダーとして登用されていった。

一方の福江方においても四月二十一日には福江城を陸軍に引き渡し、それまで城内の心字ヶ池の隠邸で過ごしていた先代の盛成は旧家臣の本庄家に引っ越している。

ちなみに福江城は幕末の異国船往来が激しくなった嘉永二年（一八四九）に、異国船防備として急遽幕府から築城が許された。

その背景には、水戸藩の徳川斉昭の海防論を時の筆頭老中阿部正弘が認めたことにより、一国一城の例外として、五島藩と蝦夷松前藩に同時に築城許可が下りたのである。福江城の完成は文久三年（一八六三）で、着工から完成までに何と十五年の歳月を要している。総工事費二万両、延べ人員五万人を費やしている。海に面した海城で、日本で作られた最も新しい城であった。

九州の離島で僅かに一万石余の五島藩が城持大名となるためには、財政的に厳しく藩内は百姓一揆が多発し、あらゆる徴税が行われた。その最たるものは、「三年奉公」という全国のどこの藩にも見られない悪法を生み出し、領民は徹底して収奪された。百姓、町人、職人、漁師の娘で、長女を除き次女以下の者はすべて十五歳になると福江城下の家中屋敷に強制的に無償で奉公に出された。そこでは半奴隷的な労働のみならず、藩士の子弟から

文久三年に完成した日本で最も新しい福江城・蹴出門

も弄ばれ、万一、三年間の奉公の間に何らかの不調法が有ったら、生涯結婚することが許されなかった。この制度は形を変えて明治の中頃まで続いている。

城の完成時には借財は二万数千両に積み上がり、財政はとっくに破綻していた。

一方の富江藩は、六代運龍、七代盛貫と二代に渡って将軍の側衆に任じられるなど全盛を迎えていた。表高三千石ながら、実禄は運上金を加えると一万六千石余に達し、諸方からの借入金は全くなかった。

福江藩は幕末動乱の時勢に乗じて、この分家の財政力に目をつけて、なりふり構わず分家の領地没収と藩存続の行動に出たのである。

明治新政府の廃藩置県断行により、全国は七十二県となって、新たに七十二人の官選知事が薩長を中心に選ばれた。これまで小さな県であった平戸、大村、島原、五島といった地域はすべて長崎県の管轄となった。

御維新により、あらゆる旧弊が改まる中、富江表の一揆騒動の原因究明については、未だ何の沙汰もなく捨て置かれたままだった。富江神社神主の月川清水が謹慎処分を受けたままだったので、家屋の修理も一揆以来そのまま放置したままで遠慮していた。明治五年十二月二十日には、改めてこのことの確認のために県庁に出向いたのである。県庁の回答は、謹慎処分をした覚えはなく、勝手に家の修復をしても構わないとの沙汰であった。

謹慎の儀、長崎県において申し付け候の儀これ無く候

富江出役所

ここに一揆騒動の明確な原因究明もなく、被害者自身の自力救済の方法により家屋の復旧をすることで事件は解決したのである。

明治七年三月二十三日に至ると、富江神社神主月川清水から、先の一揆騒動により長崎に留め置かれていた紺屋勢右衛門、福太郎、忠五郎の三人の赦免願を提出したのである。

ここに、兼ねて不仲の富江八か村も目出度く一統になり、長かった富江一揆騒動も終わりを告げたのである。

終わり

幕末・維新時の富江藩を取り巻く出来事

年月日	出来事
慶応3年10月14日	徳川慶喜による大政奉還が行われる。
慶応4年1月3日	鳥羽伏見の戦いで旧幕府軍敗北する。
慶応4年3月12日	神仏分離令施行
慶応4年3月15日	富江藩主従50人が品川沖から和船二隻で江戸脱出する。
慶応4年4月12日	大坂天保山着
慶応4年4月21日	京都五番町の国生寺に入る。
慶応4年5月15日	富江藩3000石の本領安堵の朱印状を賜る。
慶応4年7月3日	富江藩領地没収の朝命が出る。
慶応4年7月20日	富江領内に領地没収の悲報が届く。富江表領民沸騰する。
慶応4年7月26日	福江藩の直接支配が始まる。押役梁瀬隼太、町奉行松園嘉平。
慶応4年8月8日	押小路卿から密書をみせられて、福江藩の謀略が判明する。
慶応4年8月10日	弁事役所に復領嘆願書を提出する。
慶応4年8月15日	押小路卿と福江藩家老白浜久太夫との間で激しい口論になる。
慶応4年8月25日	復領嘆願書の却下される。

慶応4年9月6日	富江藩主従が京都から退く。
明治元年9月13日	福江藩前藩主から蔵米3000石と銑之丞知行760石案が出る。
明治元年9月21日	富江に復領嘆願書却下の知らせが届く。
明治元年10月7日	百姓が横ヶ倉の土手に集結。秋の福江納石反対の気勢をあげる。
明治元年10月18日	殿様銑之丞の入部。領内騒然とする。
明治元年10月20日	社人安五郎宅を引き倒す。
明治元年10月21日	社人弥門、同倅梅弥宅を引き倒す。
明治元年10月22日	福江役人簗瀬隼太以下が業務不能に陥り富江から引き上げる。 五島領内混乱状態に陥る。十五歳以上の男子残らず北浜に集結する。
明治元年11月1日	松園、草野、中司が長崎に呼ばれ井上の尋問を受ける。
明治元年11月1日	町、黒瀬、小島、上浦の衆五十人が京都嘆願のため上京する。
明治元年11月28日	長崎府の井上聞多五島に来島。翌日から大蓮寺で尋問開始する。 長崎府と富江藩士による椛島・魚目・宇久島等旧領への鎮撫活動開始。
明治元年12月1日	百姓が横ヶ倉の土手に集結する。
明治2年1月1日～3日	正月の三ヶ日間誰一人武社宮に参拝する者なし。
明治2年1月6日	殿様銑之丞が武社宮参拝する。
明治2年1月8日	京都への陳情団百姓衆五十人が富江に帰ってくる。

明治2年2月6日	長崎府監察使渡辺昇が大蓮寺に入る。平田亮平と会談する。
明治2年4月26日	福江役人再び富江に着任する。
明治2年7月14日	太政官より福江藩知事差し控え、富江藩主謹慎処分を受ける。
明治2年7月	富江表千石復領の朱印状を賜る。
明治2年9月	蝦夷後志国支配の朱印状を賜る。
明治2年11月24日	民事奉行杉紀一郎の宿舎に足軽山田又右衛門が抜刀に及ぶ。
明治2年12月1日	百姓衆が再び横ヶ倉の土手に集結する。
明治2年12月2日	殿様、これまでの中太夫を廃止され、一介の士族となる。
明治2年12月9日	平田武兵衛を長とする蝦夷地調査団を派遣する。
明治3年正月	富江藩廃藩の宣言。藩士は帰農商願いを提出し平民となる。
明治3年1月17日	富江神社の月川日向、八重重の親子が福江藩から士族に任じられる。
明治3年2月5日	富江旧家臣50人が福江県への仕官を願い出る。
明治3年3月19日	日向の孫清水が福江藩から士族に任じられる。
明治3年5月17日	富江旧領は長崎県の管轄となることが決定する。
明治3年6月15日	長崎県支配となったことから福江県の役人が富江から撤退する。
明治3年8月9日	長崎県庁役人三人（土肥・藤木・白石）が富江に着任する。
明治3年9月11日	富江神社の月川親子と孫の三人に対して禁足処分が下される。

明治3年10月	月川清水が県庁に赴き、禁足処分理由開示の願書を提出する。
明治3年10月18日	士族・足軽の救済金として旧富江藩士に一万四千五百両が支給される。
明治3年10月25日	月川日向が社務を解かれ、隠居謹慎を命じられる。
明治3年11月1日	落合・清原の宣教使が富江に入る。
明治3年11月4日	富江神社の例大祭が始まるが、今年も誰一人の参拝者もなかった。
明治3年11月15日	富江表暴動勃発。日向宅を始めとして家11軒が引き倒される。
明治4年1月28日	長崎県庁にて、一揆騒動の尋問がはじまる。 立会人　川瀬雄右衛門・藤田巌 社人関係　月川久馬・月川清水・近藤要人 一揆衆　勢右衛門以下19人
明治4年4月4日	大野時右衛門が県庁から里正に任じられる。
明治4年4月17日	旧富江藩陣屋を長崎県が接収する。
明治4年5月26日	一揆騒擾の首謀者として平田武兵衛が殿様お目通りを禁止される。
明治4年7月4日	旧藩校成章館で福江仕官を願い出た者との対決が行われる。
明治4年7月14日	廃藩置県により、全国72県となる。福江県は廃止となる。
明治4年8月3日	旧五島藩主盛徳が廃藩置県により松尾家に引越す。
明治5年3月	富江陣屋払い下げ。入札金67両1分

明治5年4月20日	先代藩主盛成が心字ヶ池の隠殿から本庄家に引越す。
明治5年4月21日	福江城を国に引き渡す。
明治5年12月20日	長崎県庁から社人謹慎処分に関知しないとの回答がある。
明治7年3月23日	入牢中の紺屋勢右衛門・福太郎・忠兵衛の三人が赦免となる。 ここに長かった富江騒動も終わりを告げた。

あとがき

幕末の動乱期というものは、嘉永六年の黒船来航から慶応三年の王政復古に至る僅か十五年に過ぎない。まさか、こんな短期間に二百六十五年も続いた徳川幕府が地響きをたてて崩壊するとは誰も想像すらできなかった。それだけに幕末の十五年間という歳月は過熱し、沸騰したのである。

数知れぬ英雄・豪傑が雲霞《うんか》のように現れ、そして多くの人間の血が流れた。それは勝者と敗者というはっきりとした人間模様となったため、今日でも多くの人が興味と感心を寄せてやまない。

この幕末・維新の動乱は主として薩長土肥を中心とした下級武士による倒幕運動であったため、ともすればこうした西南雄藩の活躍に目を奪われがちである。しかし、全てが薩長土肥のような大藩であった訳ではなく、多くは五万石以下の小藩が大半を占めていた。

ここに紹介した五島列島の福江藩や富江藩のような小藩も当然のように維新の動乱の荒波に曝されたのである。そして、こうした小藩といえども実に濃厚な維新史の一断面を秘めているのである。

富江藩という僅かに三千石という全国でも最少の藩で起こった幕末・維新期のいわゆる「富江騒動」もそうした維新史の一断面である。

巷間、富江騒動と言われる一揆騒擾は何故起きたのか。

これまで発表されてきた富江騒動に関しての文献は、一様に慶応四年六月二十二日に福江藩士佐々野勝衛が公家の押小路実潔を通じて朝廷に内奏した密書の書き出しで始まり、あたかも佐々野個人による単独行為がその原因となったような記述が多い。

富江騒動の主因は、本家福江藩から仕組まれた謀略に基づくものでありながら、何故か分家富江藩が一方的に騒動を起こしたような印象で伝えられ、とかく悪者扱いを受けてきた。

幸い平成の市町村合併に伴って、各自治体で新しい郷土誌の作成が為されたため、富江騒動に関する多くの新資料が発見された。しかし、膨大な古文書の回りくどい表現の中から、その本当の実態に迫ることはなかなか困難なことであり、何とか分かりやすく、物語小説風にその実態を解明できないかと思い立ちまとめたのが本書である。

「富江騒動その一」は、慶応四年七月三日に太政官から下された領地没収の措置に対する当時の富江藩主従の行動を通じて、その騒動の実態を福江・富江藩双方の公式記録や重臣たちの記録から明らかにしたもので、いわば武士という支配者階級から見た史観である。

本家の謀略により、突然に領地没収の憂き目を見た富江藩主従は、「無実の罪に陥れられた被害者」との立場で粘り強く復領運動を続けたが、時代の大きなうねりの中で、結果的に廃藩に追い込まれていった。

一方、「富江騒動その二」は、武社大明神（後の富江神社）の神官であった月川日向が日記として残した膨大な資料の行間から読み取ったもので、いわば庶民の立場から見た富江騒動の内実である。

月川日向という富江神社の一神官が何故に富江領民の怨嗟の的になり、ついには自宅打ち壊しという過激な事態に至ったのか。

明治新政府が布告した神仏分離令は、これまで神仏混淆を何の不自然さも抱かずに崇拝してきた一般領民にとっては理解不能な出来事だった。それが、突然氏神の武社宮から御神体の毘沙門天の仏体が取り除かれ、これまで藩社として崇拝してきたものが一挙に心の拠り所を無くし崩壊したのである。

一方の月川家を始めとした社人共にとっては、新政府によって神道が唯一の国教と認められたため、その喜びは大きく当然に朝廷の布達を遵守する立場になったのである。こうした月川家の立場は自ずと領地没収により全島支配する立場になった福江藩への協力となって現れたため、領民は時流に乗り主家を売る行為として激しく攻撃したのである。

殿様と氏神に対する絶対的な敬慕が、福江藩による富江藩吸収という悲劇と相まって、一気に一揆騒擾となって現れたのが富江騒動である。

富江騒動のもたらした影響は大きく、その後の五島列島の発展の大きな阻害要因となった。

筆者は、これらの誹謗中傷の大半が富江騒動の過程で生まれてきたものと考えている。「富江《とんめ》の者《もん》はアバラ骨が一本足りない」とか「富江の殿様はキンナゴかジャコか、鯛に追われて逃げたのさ」などと揶揄されてきた。

郷土の誇るべき素晴らしい歴史を持ちながら、幕末の一時期狭い島内の小さな利権を求めて身内同士が相争う醜態を曝したことから、何となく島の歴史を語ることがタブー視されてきた。

最近では、先人から何代にもわたって受け継がれてきた村落の民間伝承も急激な人口減少と効率化の名の下に語る人すらなく、急速に忘れ去られようとしている。

その土地を愛し、その土地に人間の血を通わせることによって、地方は発展してきたのである。

今日の閉塞感を打ち破り、新たな島の発展を切り開くためにも、先人が残した歴史や文化を大切にしていきたいものである。

【著者紹介】

竹山　和昭（たけやま　かずあき）

1953年長崎県生まれ。
大学を卒業後、日本製鉄関連会社入社。
定年前に早期退職し、東京で会社経営する。
現在は、茨城県内で障害者や児童向けの特定相談支援事業所を運営し、障害者福祉と自然農法に取り組んでいる。
著書　『八幡船』（昭文社）・『二人の流人』（風詠社）
　　　『勘次ヶ城物語』（風詠社）・『パライソの島』（風詠社）
　　　『海を拓いた人―山田茂兵衛伝―』（郁朋社）

富《とみ》江《え》騒《そう》動《どう》始《し》末《まつ》記《き》

2024年7月29日　第1刷発行

著　者 ― 竹山《たけやま》 和昭《かずあき》

発行者 ― 佐藤　聡

発行所 ― 株式会社 郁朋社《いくほうしゃ》

〒101-0061　東京都千代田区神田三崎町 2-20-4
電　話　03（3234）8923（代表）
ＦＡＸ　03（3234）3948
振　替　00160-5-100328

印刷・製本 ― 日本ハイコム株式会社

落丁、乱丁本はお取り替え致します。

郁朋社ホームページアドレス　http://www.ikuhousha.com
この本に関するご意見・ご感想をメールでお寄せいただく際は、
comment@ikuhousha.com　までお願い致します。

　ISBN978-4-87302-823-1 C0093